小説 ファインダーの蒼炎

砂床あい
やまねあやの 原作・イラスト

装画　やまねあやの

目次

登場人物紹介

麻見隆一（あさみ りゅういち）

表の顔は、ホテルや高級クラブを何軒も経営する青年実業家。しかし裏の顔は、国内政財界のみならず他国の重鎮にも大きな影響力を持つ闇社会の実力者。どんな背景をもとにのし上がってきたのか、また出自なども一切不明。冷酷に見える一方、身を挺して部下を守る一面もある。才覚のみでなく、冷たい美貌も際立つ。

黒田慎司（くろだ しんじ）

東京地方検察庁の若手ながらやり手の検事。麻見と同い年らしく、どこか親しい雰囲気がある。麻見の過去に関わりがあるようだが……？

高羽秋仁（たかば あきひと）

フリーカメラマン。代議士のスクープをきっかけに麻見と出会う。週刊誌の写真部に所属し日々スクープを狙う。困難な状況でも屈せず、常に前向きで希望を失わない。

ファインダーの蒼炎

I

——来られるならば、香港まで来るがいい。

ビルのヘリポートにバラバラと騒々しい風切音が響いている。

突風に煽られながら、麻見隆一は上空を睨み付けた。

視線の先では、つい先程まで撃ち合っていた宿敵・飛龍が乗るヘリが今、まさに飛び去ろうとしている。

刈飛龍——表向きは香港の大物実業家だが、裏の顔は中国大陸を始めとし、アジア全般を支配する麻薬シンジケート「白蛇」の若き頭首だ。香港の闇社会を牛耳る存在として麻見とは浅からぬ因縁がある。

先頃、香港で大口の取引をさらった張を追って来日した飛龍は、こともあろうに高羽秋仁とその友人らを使って情報を引き出そうとした。

おそらく、張が麻見に欧州行きの旅券手配を求めることを見越しての企てだろう。それでなくとも麻見と飛龍の間には、七年前からのわだかまりが暗く深く燻っている。

結局、張は飛龍の手下によって銃殺され、滞在先のホテルで両者は銃撃戦へと雪崩れ込んだ。秋仁を人質に取った飛龍との一騎打ちは、両者ともに夥しい血を流す結果となった。

タラップに滴った血痕の生々しさから、飛龍が腹部にかなりの深手を負ったことは間違いない。

秋仁を庇った麻見もまた、右足と左肩に銃弾を受けた。秋仁自身に怪我はなかったものの、取り戻すことまでは叶わず、今まさに飛龍に連れ去られようとしている。

激痛を堪え、ヘリポートに立つ麻見は射貫くような視線を機体に向ける。こちらからは見えずとも、飛龍もまた同じ目で自分を見下ろしているに違いなかった。

『コイツは戴いていきますよ。代わりに可愛がってあげます』

去り際の、手負いの龍の挑発が、焦燥をかき立てる。

やはり、秋仁をひとりにしておくべきではなかった。

あの様子では、香港でどのような扱いを受けるか、想像に難くない。あれは自分のものだ。一刻も早く、この手に取り戻さねばならない。

「ボス……っ」

「桐嶋か」

「大丈夫ですか、早く手当を」

麻見を先に行かせるため、飛龍の部下とやりあっていた桐嶋啓が追いついてきた。

しなやかに鍛えられた肉体をスーツに包み、見た目を裏切らず実直でストイックな桐嶋は、第一秘書として常に麻見の傍近く仕えている。だがひとたび戦場となれば、身を挺して主を守るボディガードとして、どんなときも一番に駆けつけてくる。

「今のヘリ、高羽秋仁が飛龍に？」

「行き先はおそらく、飛龍の本拠地の香港だろう」

状況を理解したのだろう。眼鏡の奥で、誠実そうな黒い瞳が気遣わしげに眇められる。

桐嶋が言葉を発する前に、麻見は淡々と告げた。

「すぐに後を追う。飛ぶ用意をしろ」

「無茶です！」

手負いの獣さながらの目で、麻見は桐嶋を見る。

だが、桐嶋も引かなかった。

彼が普段、麻見に意見することなど滅多(めった)にない。その桐嶋が、どうしても行くのなら身体を張ってでも止める、とでも言いたげな目で、麻見を見上げている。

「せめて傷を癒し、態勢を整えてからになさってください」

「――……」

強風に煽られ、乱れた前髪が額にかかる。

飛龍に撃たれた傷は思いの外深く、出血量も多い。

気力だけでここまで追ってきたものの、本当は立っているのもやっとの状態だった。今追いついたところで、無様(ぶざま)に命を落とすことにもなりかねない。

眉間に深く皺(しわ)を刻んだまま、麻見は断腸の思いで遠ざかるヘリを見つめている。

桐嶋の必死の懇願を、今は受け容(い)れるしかなかった。


翌日、かなり陽が高くなってから麻見は目を覚ました。

あれから懇意にしている医者の許で治療を受け、帰宅したことまでは覚えている。だが、寝室に辿り着くなり、意識を失うように眠ってしまったらしい。深手を負ったせいか、もしくは投与された鎮痛剤のせいか。

キングサイズのベッドの上、麻見はゆらりと頭を巡らせる。

起き上がろうとした瞬間、寝室のドアが開いた。視線が合う。

「失礼しました。麻見様、お目覚めですか」

タイミングよく、桐嶋が入ってきた。主の容態を確かめるように視線を走らせ、いくぶん安堵したように息をつく。だが麻見が開口一番訊ねたのは秋仁の安否だった。

「……高羽は」

上体を起こそうとする麻見の背にクッションを宛がいながら、桐嶋は答える。

「やはり、行き先は香港にある飛龍の本拠地のようです。まだ調査中ですが、高羽秋仁の身の安全は確認済みです」

飛龍の傍には葉がいる。彼は麻見が潜り込ませた、忠実なスパイだ。いずれまた、情報が入ってくるだろう。

逸る心を抑え、麻見は息をついた。

相当の痛手を負ったのはお互い様だ。飛龍も当分は動けまい。

「ところで、マスコミへの報道規制ですが……」

カーテンを開け、日の光を入れながら桐嶋は振り返る。

一夜のうちに、麻見の部下たちによって死体や血痕は跡形もなく始末された。だが、ホテルやオフィスビルでの派手な銃撃戦は一般人の目に触れるところとなり、むしろそちらのほうが厄介なことになりそうだった。

「あれだけ派手に撃ち合えば致し方ないな」

差し込む光の眩しさに眼を眇め、麻見は枕元の煙草を手に取った。一本取り出し、フィルターを咥えて火をつける。

有事の際、桐嶋は麻見に代わってその部下たちを指揮する権限を与えられている。おそらく、昨夜は一睡もしていないに違いない。

だが、そのことを微塵も感じさせない口調で桐嶋は言う。

「その件で今日、黒田さんからご連絡があるかと」

黒田慎司――東京地方検察庁の、若手ながら遣り手の検事だ。昨夜の件も、ぬかりなく揉み消してくれるだろう。

「ご苦労だった」

麻見は軽く目を閉じた。

鎮痛剤の効果が切れたらしい。

疼くような痛みが再び身体を侵蝕し始める。普通の人間なら、全治三ヶ月といったところか。

傷を診た医師からは、絶対安静を命じられている。渡航などもっての外だと強く諌められたが、悠長なことは言っていられない。

(あれは俺のもの……早く、この手に)

知らず、握り締めた手に力が籠もる。

時を見計らったかのように、枕元の電話が鳴り始めた。

受けた桐嶋が、二言、三言交わしたのちに麻見へと取り次ぐ。

「——黒田さんからです」

「ああ」

予想通りだ。あの男は仕事が早い。

煙草を咥えたまま、麻見は電話を耳に当てた。聞き慣れた声が耳に流れ込んでくる。

『派手にやったらしいじゃないか、隆一』

呆れたような第一声が、らしいといえばらしい。

桐嶋から事の次第は聞かされているのだろう。黒田はやれやれという口調で続ける。

『昨夜、桐嶋さんから連絡を貰ってね。お陰で朝から大忙しだ』

「世話をかけたな」

労いの言葉を舌に乗せつつも、麻見の唇はうっすらと弧を描く。

『関係機関にはうまく手を回しておいた。不本意だが、きみの部下からの依頼とあっては断れない』

「昨日の今日で仕事が早いな」

桐嶋が差し出した灰皿に、麻見は黙って煙草を揉み消した。

神妙だった黒田の口調が一転する。

『きみに貸しを作るのも悪くない』

「…………」

『冗談だよ。僕に出来るのはここまでだ。あとは好きにするといい』

公僕として、見て見ぬふりをするというのが限界ラインだという意味だろう。それで充分だ。

「すまない、手間を取らせる」

短く礼を言うと、黒田は急に改まった様子で謙遜した。
『よせよ。僕はあのときの恩を返してるだけだ』
「まだ覚えてるのか。そんな昔のことを」
『忘れるわけがないだろう』
含んだ物言いが、不意に秘められた過去の記憶を呼び醒ました。
あれからもう二十年近くになるのか。
出会ったころのことを懐かしむように、麻見は目を細める。
――そして電話の向こうでは黒田もまた、同じ目をしていた。

II

梅雨入り直前の、じっとりと湿った夜の空気が纏わり付く。

高校三年の六月、黒田慎司はひとり俯き(うつむ)がちに繁華街を歩いていた。

黒のスラックスに糊(のり)の利いたカッターシャツ。ブレザーの左胸に縫い取られたエンブレムを一目見れば都内有数の私立進学校、K高校のものとわかる。

時期的にそろそろ夏服へと切り替わる時期だったが、黒田の装いには少しの乱れもない。だが右手に持つ学生鞄(かばん)の中には、およそ高校生が持つにはふさわしくない多額の現金が入っていた。

「んもう、店外はだぁめ」

甲高い声に、黒田は顔を上げる。向こうから歩いてきた若い水商売風の女性が、中年男性に腕を絡めながら、甘え声でしなを作っていた。

けばけばしい化粧と、安っぽい香水の臭い。向かいの店では、黒服が品のない言葉で呼び込みを始めている。実に猥雑なこの場所で、黒田の存在は明らかに浮いていた。

（……なぜ、僕がこんなところに来なきゃいけないんだ）

不快さに苛立ちが重なって、足取りは更に重くなる。

黒田家は官僚や法曹を多く輩出する名門一族であり、自身も最高裁に籍を置く父と専業主婦の母の間に生まれた。全国の高校の中でも入学難易度はトップレベルを誇るK高校は、父の母校でもある。

高校一年になる妹の百合は、母親似で優しげな美貌の持ち主だが、父親似の黒田は長身で、眼鏡をかけていることもあってか、どことなく近寄りがたい印象を与えるらしい。エリート然とした伶俐な外見を裏切ることなく、校内でも成績は常に上位を誇る。

そんな黒田がなぜ、似つかわしくない猥雑な繁華街などにいるのか――端的に言えば、「呼び出された」からに他ならない。それも、かなり柄の悪い連中にだ。

繁華街を闊歩する不良グループ――いわゆるヤクザの予備軍のような連中に絡まれたのは、

先月のことだった。

お決まりのように人気(ひとけ)のない場所で暴行を受け、財布から金を抜かれた。少々の怪我で解放されたものの、待ち伏せや金銭の要求は今も度々続いている。

警察や家族に打ち明けることを躊躇(ためら)ったのは、父のことが頭を過(よぎ)ったからだ。

受験を控えた大切な時期に、厄介ごとに巻き込まれただけでも不甲斐(ふがい)ないのに、このような目に遭(あ)っていることを知られれば、嘆かわしく思われるに違いない。

黒田の父親は司法界の中枢を担う裁判官であり、親類縁者もみな法曹や官僚などのトップエリートばかりが揃っている。

――父親に失望されたくない。

それに、なにか行動を起こせば、報復という形で、妹にまで害が及ぶのではという懸念(けねん)もあった。そうした「だれにも知られたくない」という黒田の心情が、皮肉にも、ますます相手を図に乗らせることになったのだろう。

(……ここだ)

歩みを止めたのは、繁華街から一本奥まった場所にある狭い路地だった。この角を曲がれば、黒田を呼び出した連中のたまり場となっている、いかがわしい店がある。

彼らはきっと煙草でも吸いながら、黒田が金を持ってくるのを待ち構えているだろう。

(行かないと)

自分と、家族の日常を守るために。

だが、踏み出そうとした足は竦(すく)んだように動かなかった。

一度でも支払いに応じてしまったのは自分のミスだ。

出来ることなら、だれにも知られず、穏便に事を収めたい一心だった。

だが呼び出されるたび、要求額は徐々に大きくなってきていた。今のところ、貯金や小遣いで賄(まかな)ってはいるものの、この調子ではすぐに足りなくなる事は目に見えている。

今日はやり過ごせても、次はどうなるかわからない。

黒田家嫡男(ちゃくなん)としてのプライドも手伝って、だれかに相談することもできないまま、黒田はひとり懊悩(おうのう)する。

踏み出すことも逃げ帰ることもできずに、学生鞄を持つ手が、じっとりと汗ばむ。

「――!」

なにか言い争っているような声が聞こえたのはそのときだった。

咄嗟(とっさ)に古いブロック塀に身を寄せ、黒田は耳を澄ませた。がらっぱちな怒鳴り声には聞き覚えがある。例のチンピラの中のリーダー格で、スキンヘッドの男だ。もしかしたら、黒田を待っている間に通行人にでも絡んだのか。

物陰からそっと様子を窺うと、いつも自分を呼び出す連中が、だれかをとり囲んでいるのが見えた。後ろ姿だが、すらりとした長身の男性――いや。

（……うちの制服……？）

かなり着崩してはいるが、ブレザーには自分と同じ、K高校のエンブレムが縫い取られている。ボタンのカラーからして同学年であることは間違いない。

もしかして、自分と同じように強請られているのだろうか。

「なめてんじゃやねぇぞ！」

怒声とともに囲みが割れ、チンピラのひとりが学生の胸ぐらを摑んだ。柄の悪い、いかにも喧嘩慣れしていそうながっちりとした体格の男だ。こんな相手に殴られたら、ひとたまりもないだろう。

だが次の瞬間、学生はチンピラの腕を摑んで攻撃を躱すと、反対に拳を相手の腹に叩き込んだ。

「ぐえっ！」

男が呻いて腰を折った。その頭を抱え込んで膝蹴りし、崩れた身体に容赦なく蹴りを入れる。

男が顔面を血塗れにしながら地面に転がると、彼はスッと面を上げた。

容貌を一目見るなり、黒田は息を呑む。

（――麻見隆一……!?）

麻見隆一。

クラスこそ違うものの、同学年でその名を知らぬ者はいない。

中高一貫教育を謳う男子校では珍しく、三年の四月に特別枠で編入してきた生徒だ。

どんな秀才かと注目を浴びたのは最初だけで、本人はろくに登校もせず、今ではかなり浮いた存在として認知されている。独特の近寄りがたい雰囲気のせいか、友人もいないようだ。黒田自身、口を利いたこともなければ関わりたいと思ったこともない。

だが、あの鋭く影のある双眸と、抜きん出た容姿は、一度目にしたら忘れようがない。

「こいつ……っ！」

色めき立ったチンピラたちが、一斉に襲いかかる。

しかし、そのだれもが麻見の敵ではなかった。黒田が呆然と立ち尽くしている間に、麻見は襲いかかってくる男たちを次々と叩きのめし、昏倒させていく。

乱闘というにはあまりにも一方的な戦闘に、黒田はただ目を奪われ、立ち尽くしていた。

（……こいつ、なんなんだ……!?）

一介の高校生が、こんなにも喧嘩慣れしていることが信じられない。ましてや場数も踏んでいるであろう大人のチンピラ複数を相手に、息ひとつ乱していないのは尋常ではない。いったい、どういうことなのだろう。

（……嘘だろ……）

法曹である父に薫陶を受けて育った黒田にとって、暴力沙汰など恥ずべきことだ。ましてや日本は法治国家であり、私刑など許されようはずもない。

なのに、どうしてだろう？

麻見の強さを、一瞬でも美しいと感じてしまったのは。

「自分から絡んできてた割に、呆気ないな」

「クソが……！」

スキンヘッドの男が、手の甲で鼻血を拭う。

どうやら、麻見も彼らに絡まれた口のようだ。

たしかに、街中をただ歩いているだけでも目立つ麻見は、彼らのような人種にとって、さぞかし目障りな存在だろう。

　スキンヘッドが、店の裏に積まれていたビールケースから、空き瓶を抜き取った。ブロック塀に打ち付けて叩き割り、切っ先を麻見に向けて猛進する。

「死ね……！」

　振り下ろされたビール瓶を、麻見の鋭い回し蹴りがブロックする。

　鈍い音がして、男の腕がおかしな方向に向いた。耳障りな悲鳴とともに、瓶が地面に落ちる。

「わ、悪かった、もう、……っ」

　男は腕を押さえ、青ざめた顔で膝をついた。

　だが、麻見は取り合うことなく、ゆっくりとした所作で割れた瓶を拾い上げる。そして腰を抜かした男を捕えると、腕で首を締め上げながら後頭部を抱え込んだ。割れた切っ先を男の顔に押し当てる。

「ひ、ひぃ……っ」

「お前らのせいでバイトに遅れそうだ。それなりの礼はしないとな」

　男の耳許で、麻見が囁いた。

　その声は甘く冷ややかで、どこか楽しんでいるような響きさえ感じられる。

けれども、それが決してただの脅しでないことは、男を見下ろす瞳の鋭さで見てとれた。

「……っ」

皮膚が切れ、男の頬にうっすらと血が滲（にじ）み始める。顔をずたずたに切り裂かれる恐怖に、男の精神は限界を迎えたらしい。口から血混じりの泡を吹きながらぐったりと身体を弛緩（しかん）させる。

失神に気づいた麻見は舌打ちすると、男の身体を地面に放り出した。どさっと乱雑な音とともに男の身体が投げ出される。

麻見はもうここに用はないとばかりに踵（きびす）を返した。同時に、立ち尽くしている黒田と視線がかち合う。

「……あ……」

戦闘に目を奪われていた黒田は、我に返って表情を強張らせた。

なにもせず、ただ突っ立って見ていたことへの後ろめたさも無論ある。

だが、今は麻見の視線に囚われて動けなかった。

精一杯の虚勢で、震えそうになる足で地面を踏みしめる。

だが、目が合ったのは一瞬だけで、麻見は無言のまま目の前を素通りし、表通りへと消えていった。

興味がないどころか、まるで黒田など視界に入っていないような態度に肩透かしを食らう。

麻見の姿が見えなくなると、黒田はまるで金縛りがとけたように力が抜けるのを感じた。

同い年の相手に、これほどまで威圧されたのは初めてだった。

狭い路地裏に、男たち全員が伸びている。気を失っているだけで、息はあるようだ。

薄汚れたコンクリートの上に、折れた歯や血飛沫が散っているのを目の当たりにし、ゾクッとした。


（あの、目……）


襲いかかってくるチンピラたちを、麻見は表情ひとつ変えずに叩きのめしていった。

結果的に助けられたのは事実だが、ひとをひととも思わないような、冷たい視線を思い出すと背筋を冷たいものが走る。


（……野蛮なやつ……）


一瞬でも魅(み)せられた事実を消し去るように、黒田はついてもいない服の埃(ほこり)を払った。

そもそも、名門と誉(ほま)れ高いK高校に在籍しながらなぜ、あのように喧嘩慣れしているのだろう。格闘技には詳しくないが、素人目(しろうとめ)から見ても、あれは昨日今日身につけた動きではなかった。

かといってスポーツのようにルールがある中で鍛えられた類でもない。うまく言えないが、麻見の所作には実戦で培(つちか)われた鋭さのようなものが感じられたのだ。

——麻見隆一とは、いったい何者なのだろう？

編入してくるまでの彼について、校内で知る者はいない。

家族構成も、どこに住んでいるのかも、本人から聞いたものはいない。ミステリアスで近寄りがたい、大人びた編入生。黒田もそれ以上のことは知らない。

（……いや、僕が気にするようなことじゃない）

黒田は腕時計を見る。

もうじき塾の授業が始まる時間だった。

自分と同じように日本の最高学府を目指す学生たちが多く通う名門塾で、出欠のみならず、テスト結果や授業態度までもが保護者宛てに報告書として送られてくるシステムになっている。

もちろん、遅刻なども例外ではない。

（不良(あいつら)たちと同類の人間に、関わるべきじゃない）

無様に昏倒している面々を、黒田は侮蔑(ぶべつ)の目で見下ろした。

金を巻き上げるために呼び出した相手に、はからずも麻見から返り討ちにあったところを見られたと知ったら、この不良たちはどんな顔をするだろうか？

想像すると、少しだけ胸がすく思いだった。

自業自得だと腹の底で呟きながら、黒田もまた踵を返し、足早にその場から立ち去る。

――だが、網膜に焼きついた麻見の姿だけは、完全に消えることはなかった。


七月に入り、制服は夏服へと切り替わった。

長引く梅雨のせいか、空気はじっとりと重く、ただ立っているだけでも半袖の白シャツが不快に張り付く。

例の連中から再び呼び出された黒田は、その日、ひとけのない神社にいた。

『成績が落ちてるようだが』

昨夜、父親に言われたひとことが胸に重くのしかかる。

三年に上がるまで、首位が当たり前だった成績は、いつのまにか二桁になっていた。

もちろん、決して悪いわけではない。世間一般から見れば充分、優秀な部類に入るだろう。

特に叱責されたわけではなかったが、普段、成績のことでとやかく言われたことのない黒田のプライドを打ち砕くには充分だった。

次は挽回できると見栄を切ったが、こんな悩みを抱えたままで勉強に身が入るわけがない。

「聞いてんのか、コラ」

肩を突き飛ばされ、黒田はよろめきそうになる脚に力を入れる。

いつもの不良グループの面子に加え、今日は麻見に腕を折られたスキンヘッドの代わりに、横柄(おうへい)な態度の年嵩のチンピラが一緒にいた。あの怪我ではおそらく病院送りにでもなったのだろう。暴走族にしろ暴力団にしろ、この手のヤクザ者はなぜかいつも群れている。

「金額が少ねぇって言ってんだよ」

子分たちを背後に従え、チンピラが黒田の胸ぐらを摑む。

樹木に囲まれた境内(けいだい)は都会の死角だ。中でも拝殿の裏は薄暗く、足を踏み入れる参拝客もまずいない。人目につかないという利点から、この場所を指定したのだろう。

「……これ以上は、無理だ」

「ああ？　今、なんつった」

今回は模試を受ける、参考書を買うなどと母親に嘘をついてなんとか工面(くめん)した。アルバイトは校則で禁止されているし、第一、勉強の時間を削ってまで喝上げされるために働くなど本末転倒だ。穏便に済ませる方法を模索していたが、親を騙すようなことはもうしたくない。

チンピラの手を払い、黒田は毅然と顔を上げた。

「もう、これで最後にして欲しい」

「んなわけにいくか。てめぇの親父のせいで兄貴がムショにいっちまったんだからよ」

「そのことと僕とは関係ない。ドラッグやご…強姦は犯罪だ。逮捕起訴されれば有罪判決を受けるのは当然だろう」

「うっせぇ！」

びりっと鼓膜が震える。

黒田が怯んだのを見て取ると、チンピラは急に猫なで声を出して顔を覗き込んできた。

「どうせ親の金なんだろ？　慰謝料みてーなもんだ。なんだったら、てめぇの妹に払わせたっていいんだぜ？　可愛い顔してるよなぁ」

「や…やめろ！　お金は言うだけ渡してるじゃないか……！」

青ざめた黒田の顔に、チンピラが手を伸ばした。煙草のヤニで黒ずんだ指先で、いやらしく頬を撫でられる。

背けようとすると顎を摑まれ、顔を近づけられる。

「だったら、おとなしく従ってろよ。親父のツケを息子が払うのは、ホーリッツ的にも理に適ってんじゃねぇか、ん？」

「……ッ」

煙草臭い息が顔にかかる。

男はいやらしい忍び笑いをたてながら、耳許で囁いた。

「言うこと聞かねーと、美人の妹がどうなっても知らねぇぞ」

幼稚な脅しだったが、効果は覿面だった。

黒田は色を失い、唇を噛んで震える。

――失敗した……。

滅茶苦茶な理屈を押し通され、言いなりになるしかない地獄の日々がまた続くのか。

無言で立ち尽くす黒田の頬や首筋を、チンピラはいたぶる手つきで撫で回した。気色悪さに、全身の産毛がそそけ立つ。セクハラめいたその行為を、不良グループはただ取り囲んでニヤニヤと眺めている。

その時――。

「うるせえよ」

唐突に響いた声に、その場にいた全員が振り返る。

「お前、この間の……！」

「マジかよ……なんでここに……っ⁉」

いつからいたのだろう――拝殿の階段から立ち上がり、ゆっくりと陽の当たる場所に姿を現した男を見て、不良グループがざわつく。

だが、一番驚いたのは黒田だった。

（麻見……！）

制服の埃を軽く払った麻見がチラと黒田を見る。

またこいつかというように眉を寄せたのは気のせいではないだろう。

先月、一瞬だけ擦れ違った黒田のことを、忘れてはいなかったらしい。

「おい、こいつ、てめぇらの知り合いか」

横柄な態度で訊ねながら、チンピラが麻見に近づいていく。だがすぐにハッとなにかに気づいたように足を止め、「マジかよ」と呟いた。

「チッ、今日は帰るぞ」

嫌なものでも見たような顔で舌打ちし、不良グループに顎をしゃくる。

「で、でも」

「行くぞ！　……おい黒田、これで済んだと思うなよ」

チンピラは黒田をあっさり解放し、捨て台詞を吐いて背を向けた。

そそくさと先に立って歩き出す彼を、不良グループが追っていく。

「なんで見逃すんすか！　あいつ、俺らがやられた……」

「うるせぇ、バカ野郎！」

不満そうな不良グループをチンピラがどやしつける声が境内に響く。

どうやら、チンピラは麻見のことを知っていたらしい。

ぞろぞろと集団が遠ざかっていくのを、黒田はまるで狐（きつね）に摘（つま）まれたような気分で見送った。

まるで安っぽいヒーロー映画でも観ているみたいだ。

（いったい、なんなんだ……）

この前、実際に目にしたから喧嘩が強いのは知っている。だが、もしかすると自分が思うより、ずっと麻見は危険な存在なのかもしれない。偶然の成り行きで助けられる形にはなったけれども、当の麻見は素知らぬ顔で足許に置いた鞄を拾い上げた。

「あ…麻見君！」

そのまま去っていこうとした彼を、慌てて呼び止める。

麻見が足を止め、面倒くさそうに振り返った。

「なんだ」

咄嗟に声を掛けてしまったが、特段、用があるというわけではなかった。

ただ、先程の話を聞かれたかどうかだけが気に掛かる。もしかしたら、すべて知られてしまっただろうか。

「な、なんで、こんなところにいたんだ」

脅されているところを見られた恥ずかしさも手伝って、なんとも間抜けな問いが口をついた。

「静かなところが好きなだけだ」

「そ、そうか……」

それ以上は会話が続かず、黒田は焦る。

――と、頬にぽつっと水滴が当たった。

「！」

間髪容れず、ざぁっと音を立てて大粒の雨が落ちてきた。瞬く間に石畳が黒く濡れる。

ふたりは駆け出し、本殿の軒下に逃げ込んだ。

ゴロゴロと遠くで雷鳴が聞こえる。

水を含んだ砂利や土埃の匂いが急速に辺りに立ちこめ、むっとするほど蒸し暑い。黒田は足許に鞄を下ろし、シャツの襟元のボタンを外した。

行きがかり上、ふたりで雨宿りすることになってしまった。苦手と言えるほど麻見のことを知っているわけではないが、緊張を強いられる相手だ。濡れた鞄をハンカチで拭いながら、黒田は心で溜息をついた。

（なんで僕が、こんなやつとふたりで……）

麻見は無言のまま、ハンカチで肩や髪の水滴を拭っている。まともな会話もないまま、ふたりでいるなんて息が詰まりそうで、チラチラと話しかけるタイミングを窺う。

「なんだ」

黒田の視線が気になったのか、麻見が鋭い目をこちらに向けた。

「べ、別に」

慌てて目を逸らそうとして、ふと別のことに気を取られる。

（……意外と睫毛長いな……）

元々、整った造形の持ち主であることは知っていた。だが改めて見るとやはり、美形という表現がしっくりくる容貌だ。

高い鼻梁から顎まで、優美なS字ラインを描く横顔が、ひどく大人びて映る。

雨に濡れたせいもあるだろう。しっとりと汗ばんだ首筋が、妙に色っぽい。未だ少年らしさが抜けない黒田にはまだない、男の色香だ。だからこその凄味なのか。

やがて麻見は無造作にハンカチをポケットに押し込むと、社殿の階段に腰掛けた。

鞄の中からぶ厚い本を取り出し、栞を抜き取って続きを読み始める。もう黒田の存在など、まるで気にしていないようだ。

思えば、初見のときもそうだった。

彼は、だれかに興味を持つことなどあるのだろうか。

マイペースな麻見に戸惑いながら、黒田も階段の端に浅く腰を下ろした。落ち着かない気持ちのまま、鞄を引き寄せて膝を抱える。

（さっきの話……どこまで聞かれたんだろう……）

雨の音に混じって、ページを捲る音だけが響いている。

そう言えば、麻見とまともに口を利いたのは今が初めてだった。改めてそのことに気づき、複雑な気持ちになる。

喧嘩で次々と相手を叩き潰していった彼はまるで獰猛な獣のようだったが、今こうして本を読む姿は別人のように落ち着いて物静かだ。神社という場所柄もあってか、麻見を取り巻く空気は静謐そのもので、話しかけるのが躊躇われる。

ふと、彼が読んでいる本の表紙に目が行った。

「それ、もしかして……」

思わず本のタイトルを口にすると、麻見が顔を上げる。

「？　知ってるのか」

それは、北欧の妖精や魔法使いが出てくるファンタジー小説だった。大人びて見える麻見にも、年相応の少年らしい部分があるのだろうか。

よく見ると、麻見が持っているのは訳本ではなく、原書だった。

麻見のことを、件の不良グループの連中と同類の人間だと思っていたけれども、もしかするとそうではないのかもしれない。自分とは対極にいると思っていた麻見が急に身近に感じられて、黒田は急き込んで訊ねた。

「僕もそのシリーズ好きなんだ。読んだのは日本語訳だけど……洋書はよく読むのか？」

「母親の書斎にあるのを、適当に読んでるだけだ」

「？　きみの趣味ってわけじゃないのか」

「本を読んでいれば、だれも話しかけてこない。だから読んでる」

「それは……たしかに、そうだけど」

母親の集めた蔵書を暇つぶしに乱読しているだけで、本が好きというわけではないようだ。下手な訳書より、原文で読んだほうが面白い――くらいのことを言われるかと思ったが、本当の理由を知って落胆する。

「そんなに暇なら学校に来ればいいだろう。このままじゃ、卒業できなくなるぞ」

「そうかもな」

「きみは編入生だろう。前はどこの学校だったんだ？　まさか、帰国子女とか言わないよな」

彼の経歴に関する噂がいくつかあるのは知っていた。

海外育ちの帰国子女だとか、どこぞの御曹司（おんぞうし）だとか、あるいは政財界に強力なコネを持つ人物の血縁者だとか。どれも信憑性（しんぴょうせい）に乏しいただの噂だと聞き流していたが、洋書を原文で読めるくらいの語学力があるのなら、あながちそうとも限らない。

「まぁ、そんなところかな」

はぐらかされて、むっとした。子供扱いされた気がしたからだ。

けれど、一方で腑に落ちた部分もあった。

いくら頭がよくても、試験を受けなければ成績はつかない。学校とはそう言う場所だ。そして社会の中で上に立つエリートほど学歴や学閥に縛られる。

自分はそれを手に入れるのが当然であり、義務でもあると思って生きてきた。学友も皆、自分と同じような価値観を持つ良家の子息ばかりで、その信念に疑問を持ったことはない。

だが、麻見はまるで違う。

名門進学校の編入試験に合格できるだけの学力を持ちながら授業にも出ず、かといって先程のチンピラたちのように仲間とツルんで街なかを徘徊することもない。すこぶる喧嘩に強いかと思えば、人との関わりを嫌い、古社の緑陰でファンタジー小説を読みふけっていたりする。

エリート一族に生まれ、幼いときから厳しく育てられた黒田にとっては考えられない奔放さだ。

いったい、麻見の本当の顔はどれなのだろう？

「きみは……おかしなやつだな」

「ん？　なにか言ったか」

真っ暗な空を、閃光が引き裂いた。

肩越しに振り向いた麻見の顔が、雷光に一瞬だけ照らし出される。バリバリと耳障りな音に続いて、重い雷鳴が轟（とどろ）く。

「…………」

凄味を帯びた美しさに、黒田ははからずも戦慄（せんりつ）していた。

危険なものほどひとは惹（ひ）かれるという。雷を恐ろしくも美しいと感じるように、夕立を背にした麻見の姿はどこか神秘的で、強烈な印象を黒田の中に残した。

腹に響く轟音（ごうおん）に、我に返る。

「み、……見かけによらない、と思って」

麻見がピクリと眉を上げる。

「お前こそ、なんであんな連中に絡まれてるんだ」

「……そ、それは……」

口籠もった先に、言葉は続かなかった。

立て続けに空に光が走る。雷鳴がビリビリと鼓膜を震わせる。かなり近い。

「この前も、遭（あ）ったよな。お前みたいな人間が来る場所じゃないから、おかしいと思った。本当はあいつらに呼び出されてたんじゃないのか」

黒田は大きく息を吐いた。

麻見の鋭い観察眼に舌を巻きながらも、まだ推測の域を出ていないことに安堵する。

「なんでもない。あいつらとは…ちょっと、トラブルになってて」

麻見は怪訝(けげん)そうに黒田の顔を見た。なにかを見透かされそうで、黒田はさりげなく目を逸らす。

チンピラたちとのことは自分の問題だ。踏み込まれたくない。

はぐらかすかのような態度を見て取ったのか、麻見はそれ以上なにも聞かなかった。ひっきりなしに雫(しずく)の垂れる軒先へと視線を投げる。苦笑じみたものが、一瞬だけ口許を過ったように見えたのは気のせいだろうか。

(馬鹿馬鹿しい)

急に疲れを感じ、黒田は階段の手すりに凭(もた)れた。目蓋(まぶた)を閉じ、遠くなっていく雷鳴に耳を澄ませる。そうしているうちにいつしか、うとうとと微睡(まどろ)んでいたらしい。

「おい、雨、やんだぞ」

「……あ」

慌てて空を見上げる。

いつの間にか雲が切れ、隙間から晴れ間が覗いていた。夕暮れの雲が細くたなびき、空はほんのりと橙色を帯びている。境内には、再びセミの声が響き始めていた。

麻見が鞄に本をしまい、立ち上がる。

「もう、行くのか？」

「夕方からバイトなんだ」

少なくとも見た感じは普通の高校生だ。

夢から覚めた黒田にもまた現実が戻ってくる。

（ああ、そうか……だから、ここで時間を潰していたんだな）

アルバイトは校則で禁止されている——なんて、言うだけ野暮というものだろう。

同性に美しいなどという形容はふさわしくないと思う。けれど、雷光に照らされた麻見の姿は神々しいまでに美しかった。それこそ、畏敬の念すら感じるほどに。

「……麻見君」

石畳の上で、麻見がゆっくりと振り返った。

雨上がりの蒸れた空気の中でも、彼の瞳は透明で冴えている。涼しいを通り越して、冷たいようなその色は、チンピラたちを完膚無きまでに叩きのめしたあのときと同じだった。

「あ……の」

偶然、二度も麻見に助けられたが、今のままだといずれ骨までしゃぶられてどうにもならなくなるのは目に見えている。

半ば無意識に、黒田はもがくように手を伸ばそうとした。

「どうした？」

気が緩み、うっかり滑りかけた口を慌てて噤む。

「なんでもない。名前、言ってなかった。黒田だ。黒田慎司」

今日初めて口を利いたような相手に、自分はなにを言おうとしているのだろう。

「じゃあな、黒田。俺も、麻見でいいよ」

「あ…ああ。じゃあな、麻見」

去っていく麻見に軽く手を振りながら苦笑する。

思いがけず、麻見が話しやすい相手だったというだけで、なぜこんなにも心が弛んでしまったのか。

自分が抱えている問題を他人に知られたくない。そう思う一方で、すべてを打ち明けられる相手を求めている自分の弱さに、ようやく気づかされる。

すべてを打ち明けたら、なにかが変わるだろうか――。

（……でも……）

真夏の太陽がアスファルトを照りつける。

高校は夏休みに入り、黒田は塾の夏期講習に通い始めた。

父は相変わらず仕事が忙しく、母と妹は連れだって海外旅行に行くらしい。

しばらく男所帯になるけれども、家のことは以前から来ている通いの家政婦がいるから不自由はないだろう。父は出張が多く、帰りも遅いから、顔を合わせることはたまにしかない。

落ちてしまった成績を取り戻すため、黒田は勉強に集中した。

黒田が通っているT会は、中高一貫の進学校に通う生徒のみを受け容れている大学受験専門塾で、どの学年も学力順にクラス分けされている。前期と後期に実施される塾内模試の結果によってはクラス落ちすることもあり、ある意味、学校のテストよりも気が抜けない。

七月も終わろうというある日の夕方、黒田は新宿の駅前をあてもなく歩いていた。

チノパンにシンプルなTシャツとカーディガンを羽織り、T会のステータスシンボルである

Tバッグを斜めがけにした恰好は、いかにも優秀で生真面目な受験生といった風情だ。

だが、黒田の顔色は冴えなかった。

――このままでは、受験に失敗するかもしれない。

今日のテストでも、思うように点が伸びず、気分は最悪だった。

理由は考えるまでもない。例の問題がまだ片付いていないからだ。

終業式の日も最寄り駅で数人で待ち伏せされ、金を渡すことを拒むと何発か殴られた。

逆恨みからエスカレートした強請りたかりは、いつしか憂さ晴らしの暴力へとシフトしていた。彼ら曰く、本来なら相手にもされないエリートを玩具にし、暴力でいたぶることに楽しみを見出したらしい。

いつまでこんな生活が続くのか、先が見えない。彼らの暴力などに負けてなるものかという意地だけで耐えてきたものの、心身共に疲弊していた。

（……もう、どうでもいい……）

昨日殴られたときに切ったのだろう、口の中が時折、痛む。

投げやりな気持ちから、今日はとうとう、塾のテスト後の補習を初めてサボってしまった。

かといってまっすぐ自宅に帰る気にもなれず、うろうろとあてどなく新宿の下町をさまよう。

すでに図書館に行くような時間帯でもなく、そろそろ小腹も空いてきた。

なんとはなしに人恋しい。だが、塾でも学校でも浅い付き合いしかしてこなかった黒田は、こんなときに呼び出せるような恋人も、頼れる親友もいない。

俯いて歩いていたせいで、理髪店から出てきた客とぶつかりそうになった。つんのめるようにして立ち止まり、慌てて謝る。

「っと、すみませ……」

だが、相手の顔を見た瞬間、黒田は目を丸くした。

(麻見!?)

理髪店から出てきた客は麻見だった。

「……なにしてるんだ、こんなとこで」

「なにって、床屋は髪を切るところだろう」

「そ、それは、その通りだけど」

こぢんまりとした下町の理髪店と麻見のイメージとが重ならず、黒田は面食らった。

Tシャツにジーンズというラフな私服姿も、麻見が着ると垢抜(あかぬ)けて見えるから不思議だ。

麻見の肩越しに、さり気なくガラスドアの向こうを透かし見る。

ちょうど店主らしき男がこっちを見ていて、目が合うと柔和(にゅうわ)な顔つきで会釈(えしゃく)した。半袖の横掛白衣を着た中年男性で、一見どこにでもいる理容師といった雰囲気だ。

けれども、にこやかなその表情とは裏腹に、目は金属のような鋭い光沢を湛(たた)えている。

(……？)

会釈を返す前に、理容師はサッと店の奥へと引っ込んでしまった。

内心、首を傾げながら麻見を見る。麻見もまた、黒田の顔をまじまじと見下ろしていた。

「どうした、それ」

「え？」

指摘され、自分の口の端に指先で触れる。軽く押さえると、口の中にピリッと痛みが走った。

どうやら、殴られたところが痣(あざ)になってきたようだ。

詮索(せんさく)されたくないが、今さら隠すわけにもいかない。平静を保ちつつ、黒田はさりげなく顔を逸らした。

「平気だよ、なんでもない。それより、今からなにか予定あるか？」

「俺は、これからバイトだけど」

「あ……そう、だったな」

夏休みの間も、麻見は変わらずアルバイトに精を出しているようだ。

せっかく会ったのに、用事（アルバイト）か――当てが外れて、黒田は悄然（しょうぜん）と肩を落とした。以前、少し話しただけで、特段、親しいわけでもないのにとは思うけれども、なんだかガッカリしてしまう。

「暇なら、一緒に来るか？」

意外な一言に、黒田は弾かれたように顔を上げた。

「……いいのか？」

「バーの開店は六時だが、俺は開店前の準備があるから」

「バー!?」

麻見のアルバイト先は、夜の店だったらしい。どうりで、夕立がやんだ頃合いからアルバイトに向かったわけだ。

（学校に黙ってバイトしてる上に、バーって……）

驚愕を通り越してクラクラした。

もちろん、未成年が出入りしていい場所ではない。

脳裏に校則違反の文字がちらついたが、ままよとばかりに答える。

「……行く」

自棄六割、麻見への野次馬根性四割といったところか。謎に満ちた同級生が、どんなアルバイトをしているのか興味もあった。

該当のバーは、駅から少し離れた場所にあるらしい。夕方の人混みの中、麻見を見失うまいと必死についていく。

やがて麻見は駅裏に建つビルの前で足を止め、横の狭い階段から地下へと降りていった。

地上階は至って普通の、どこにでもあるオフィスビルで、外には看板ひとつ出ていない。ゆるやかな螺旋になっている階段を降りきると、古い洋館めいた造りのドアが現れた。

麻見は慣れた手つきでポケットから鍵を取り出し、ドアを開ける。

「きみが、店の鍵を預かってるのか？」

「ああ。いつも俺が開けてる」

黒田は唖然とした。

「言っちゃなんだけど、この店、大丈夫なのかい」

「オーナーがかなり適当だからな。マスターも他の従業員も、開店ギリギリにしか来ない」

いくら勤務態度が真面目だったとしても、高校生のアルバイトに鍵を預けるなんて、常識的に有り得ない。

店の鍵を預かっている麻見が、開店準備をすべて任されているらしい。店のオーナーにも、雇われマスターにもかなり信用されているようだ。

ドアノックハンドルの飾りがついた重厚な扉を押し開き、麻見は中に入っていく。

「あ……」

店内に灯りがつくと、そこには黒田の予想を遥かに越えた空間が広がっていた。

床にはシックな色あいの絨毯が敷かれ、奥にはソファのボックス席が数席と、木製のカウンターテーブル。バーカウンターの背後にはウィスキーやウォッカなどの酒が並び、等間隔でスツールが置かれている。大人の隠れ家というより、社交場といったほうがしっくりくるような雰囲気だ。

「開店までまだ時間がある。その辺に座ってろ」

そう言い残し、麻見は店の奥へと消える。慣れない場所でひとりきりにされた黒田は、カウンターの隅の席に浅く腰掛けた。もの珍しげに店内をぐるりと見回す。

（……この場所で、麻見が……）

絞られたシャンデリアの光と、微かに残る煙草の香り。高校生の黒田にとって、初めて接する大人の世界だ。それだけでも麻見が、勉強一筋の学生生活を送ってきた自分の一歩も二歩も先を歩いていることがよくわかる。だれも知らない麻見のプライベートな部分に踏み込んだ高揚感も相俟って、そわそわと落ちつかない。

「なにキョロキョロしてんだよ。バーがそんなに珍しいのか」

やがて黒いスラックスとカマーベストに着替えた麻見が奥から出てきた。

彼のすらりと腰高で締まった身体つきに、バーテンダーの制服はよく映える。営業時間外だからか、襟元に引っ掛けただけの黒の蝶ネクタイまでが妙に様になっていて、黒田は目を瞬いた。

元々、大人びた雰囲気の持ち主ではあるが、学生服よりも遙かにこちらのほうが似合っている気がする。

「そりゃ、こんなところ入ったことないよ」

「まあ、そうだよな」

麻見はマイペースにワイシャツの袖を肘までまくり、カウンターテーブルを拭き始めた。

それほど大きい店ではないが、開店前にやることは意外と多いようだ。

黒田は我に返り、スツールから腰を浮かせた。

「その、なにか手伝おうか。掃除くらいなら僕だってできる」

「いい。却って邪魔だ。受験生はお勉強でもしてろ」

冷やかすような笑みで返される。慣れているのもあるだろうが、麻見はなにをするにも手際がいい。慣れない自分が手を出しても、却って手順を狂わせるだけかもしれない。

「お前だって受験生だろ。でもまぁ、お言葉に甘えるよ」

手持ち無沙汰に眺めているのも気詰まりで、黒田は鞄からテキスト一式を取り出した。

黒田が通っている塾は宿題が多く、受験を控えた三年生ともなれば学習量はさらに増える。明日の準備をしておかなければ、今夜の睡眠時間を削らねばならない。

手早く掃除をすませた麻見が、カウンターの中に入る。冷蔵庫をあけ、ハムとキュウリ、そして卵をふたつ取り出した。パンをスライスし、片手でボウルに卵を割り入れるのも手慣れたものだ。

横目でそれを眺めながら、黒田は内心、舌を巻いた。男子厨房に入らず、などと古くさいことを言うつもりはないが、家で台所に立ったことなどほとんどない。麻見にしても、料理などするようには見えなかっただけに、その腕前は見ていて新鮮だった。

「……なぜ、バーでバイトなんだ？　割がいいバイトなら、他にもあっただろう」

問題集などそっちのけで、思わず訊ねる。

そもそも、彼が金に困っているようには見えない。在籍するK高校とて、良家の子息が集まる名門校だ。なにか事情でもあるのだろうか。

「ここにいると情報も人脈も手に入る。いつか、自分で店を持ってもいいかもな」

「！」

熱したフライパンで卵を掻き混ぜる麻見を黒田は見つめる。

なにものにも執着しないように見えるだけに、彼の答えは意外だった。熱意を持って将来の夢を語るタイプにはとても見えなかったからだ。

「そう…なんだ。意外と、考えてるんだな……」

そうか頑張れよ、などと曖昧な笑顔を作りながら、うまく笑えていない自分に焦りが高まる。

もし、他の同級生が口にしたのなら、受ける印象はまったく違っただろう。けれど、この男なら易々と実現するのではないか、そう感じさせるだけのなにかが麻見にはある。

（それに引き替え……）

今の自分はどうだ。

具体的な将来の夢を描くどころか、不良グループに目を付けられ、未来のことなんて考えられる状態にさえない。プライド高く他人を見下しがちだった自分が、いざとなると降りかかる火の粉ひとつ払えないでいる。

自分の卑小さ無力さを、黒田は自嘲した。

「きみは、すごいな。僕なんて、なにもない」

「それで、いいんじゃないのか」

「よくないよ。将来のビジョンさえないまま、ただ勉強だけ……」

目の前にトンと皿が置かれる。

白い皿の上には、どこか懐かしい雰囲気で切り分けられた二種のサンドイッチが並んでいた。

言葉を失う黒田に、悪戯っぽい表情で麻見は言う。

「見つかるまで探せばいいんじゃないか」

「麻見……。そう、だな」

麻見の言うとおりかもしれない。

不思議と素直にそう思った。

「あり合わせで作ったまかないだ。今日だけサービスしてやる」

「あ……ありがとう……」

カウンターの向こうで、麻見は立ったままハムサンドに噛みついた。咀嚼しながら、早く食えと言わんばかりに顎をしゃくる。つられて黒田も皿のサンドイッチに手を伸ばした。

「い…いただきます」

作りたての、まだ温かいタマゴサンドはふんわりとして、バターの香りとケチャップの酸味が絶妙にきいている。

まかないと思えないほど、そのサンドイッチは美味しかった。


「ねぇここ、知ってる？　年配の常連客ばかりでちょっと入りにくいんだけど、バーテンにいい子がいるの」

『closed』の札が出ている扉の前で、ハイブランドのスーツを纏った女性がつと足を止める。

「社長が、以前に話されていたかたですか？　黒髪で、背が高い」

一緒にいた紺色のパンツスーツの女性が答えると、彼女は意味深に頷いた。三十代半ばくらいか、豪華な巻き髪に赤く塗られた唇と同色の爪がよく映える、なかなかの美人だ。

「そうよ。あれから何度か通ってるんだけど。今夜あたり、誘ったらのって来るかしら」

「社長……そうやって若い子に手を出してると、そのうち痛い目見ますよ」

「あら、向こうだって遊びなんだからいいじゃない」

部下の呆れた溜息もどこ吹く風、女社長は強かな笑みを浮かべる。遊びと言いながら、かなり執心しているようだ。

彼女たちが立ち去るのを待って、黒田はそっと開店前のバー店内に滑り込んだ。

「黒田か」

カウンターの向こうでグラスを磨いていた麻見が顔を上げる。つい今しがた話題に上っていた色男が、涼やかなものだ。

「腹は減ってるか」

「減ってるよ。今日のまかないメニューはなに」

「カレーだ」

「お、当たりだ」

一番端のスツールに座り、店の奥の様子を窺う。

奥の厨房では、業務用コンロに、銀色の寸胴鍋がかかっていた。耳を澄ませると、とろみがかったルゥが煮える、くつくつという小さな音が聞こえてくる。

いつしか、黒田は塾の帰りに、麻見の働くこのバーに立ち寄るようになっていた。

まかないのサンドイッチが、あまりに美味しかったからかもしれない。

最初は迷惑だろうかと気にしていたけれども、来れば麻見はごく普通に迎えてくれる。ナポリタンだの、ハヤシライスだのといった、メニューにはない料理(まかない)を出してくれることもあって、気づけば自然と足が向くようになっていた。

我ながら、餌付(えづ)けされていると思う。

けれども、ここで麻見と過ごす時間は、黒田にとって今や欠かせない日常のいっときだった。

開店前の一、二時間、麻見とたわいない話をしたり、勉強をしたりして、他の従業員が来る前に店を出る。

営業時間外とはいえ、未成年がこのような店に出入りすることへの後ろめたさがない、とは言わない。

だが同時に、そのささやかな悪事をふたりで共有していることへの、奇妙な高揚があった。

「大盛りにしといた」

「ありがとう」

肉や野菜が蕩(とろ)けるほど煮込まれたカレーは、飴色(あめいろ)の照明も手伝って食欲をそそる。少し堅めに炊きあげられた米飯と一緒にスプーンですくい上げ、口に入れた。

「うまいだろ」

自信作なのか、麻見は少し得意げに見える。

喜怒哀楽をあまりはっきり表に出すタイプではないけれども、最近では目や声調から、麻見のわずかな表情の違いがわかるようになってきた。

「うん。だから、女性にモテるんだな」

「どうしたんだ、急に」

麻見が面白がるように片眉を上げる。

「別に。よく声かけられるんだろうなって思っただけだよ」

はからずも、やっかんでいるような受け答えになってしまった。どうフォローしたらいいかわからなくて、黙々とスプーンを口に運ぶ。

考えてみれば、麻見とはこの手の話をしたことはなかった。けれども、女性が好みそうな甘いルックスからして、きっとさっきみたいに客から粉をかけられることは多いはずだ。

「まぁ、……でも、いちいち面倒くさいだけだ」

「余裕だな」

勉強一筋の黒田には語れるような経験がない。だから想像でしかないけれども、おそらく麻見の持つ自信めいた余裕は経験から来るものだろう。

来る者拒まず去る者追わず――恋愛さえ未経験の黒田には未知の領域だが、麻見なら大人の女性と大人の関係を結んだりすることもあるのかもしれない。

どんなふうに口説かれて、どんなふうに誘いに乗るのだろうか。自分の知らない大人の遊びを、麻見はもう知っているのだろう。差をつけられた悔しさよりも、あれこれと想像してしまったせいで、知らず知らずのうちに顔が赤くなる。

(なに考えてるんだ、僕は……)

頭を振って妄想を散らし、いつものように問題集を開く。

だが、先程の会話が気になってなかなか勉強に集中できない。

店内にはいつものように氷がぶつかる音が響き始めた。麻見がシェイカーを振る音だ。カクテルのレシピを覚えるためなのか、もしくはオリジナルレシピでも試しているのだろうか。

話し込むことは滅多にないが、麻見の傍は不思議と居心地がよかった。

麻見は無口で、余計な詮索をしないところが却って楽なのかもしれない。常に気を張る塾の自習室よりも、麻見の傍にいるほうがリラックスしていられる。

そして、もう一つ。

不思議なことに、麻見と新宿の駅前で会った日から、件の不良グループからの呼び出しは途絶えていた。理由はわからないが、今のところ小康状態を保っている。

「眠気覚ましだ」

ぼんやりしている黒田の前に、トン、とカクテルグラスが置かれた。

驚いて視線を上げると、麻見はさっきまで振っていたシェイカーの蓋を外し、グラスの中にあける。逆三角形の透明なグラスはすぐに綺麗な色の液体で満たされた。

「おい、未成年だぞ！」

「心配するなよ。子供仕様のノンアルコールだ」

「…………！」

同い年のくせに、またもや子供扱いされて口を尖らせる。

ひとつ間違えば気障でしかない言動も、相手が麻見だと嫌味なく映るのはなぜだろう。

宝石を溶かし込んだような色と、甘やかな香り。浮かべられた赤いチェリーに、からかわれたと感じるのは気にしすぎだろうか。

「遠慮なくいただくよ」

黒田はペンを置き、グラスの脚を摑んだ。重心が上にあるために、不安定で持ちにくい。零さないように慎重に口をつける。

ミントとライムが爽やかに効いていて、意外にすっきりとした飲み口だった。色づけに使われたフルーツのシロップが、受験勉強で疲れた脳にほどよい糖分を供給してくれる。本当に、なにをやらせてもスマートにこなせてしまう男だ。

飲み干したグラスをテーブルに置き黒田は感嘆した。

「きみは、不思議だな。――なぜかひとを惹きつける」

「――……」

いったい麻見は、自分の何歩先を歩いているのだろう。羨望と嫉妬と憧れの入り交じった奇妙な感情を黒田ははっきりと自覚していた。けれど、それは決して悪感情ではなくて、だからこそ不思議なのだ。

不良グループに目を付けられてからというもの、脳にこびりついたように彼らのことが頭から離れない日々を過ごしてきた。しかし、ここにいるひとときだけは、ストレスから解放され、なにもかも忘れて勉強に打ち込むことができる。

自分にとって非日常の空間がそうさせるのか、それとも麻見の存在そのものが自分に影響を及ぼしたのかは、わからない。だが少なくとも、麻見がいるこの場所が、今の自分の心の拠り所であることは事実だった。

「そろそろ、帰るよ」

時計を見て、黒田は鞄を手に席を立った。

もうじき、他の従業員が出勤してくる頃合いだ。

カウンターの向こう側から、麻見が黙って見送ってくれる。

「カレーとカクテル、おいしかった。ごちそうさま」

外に出ると、昼間の熱を蓄(たくわ)えたアスファルトからムッとした空気が立ち上ってくる。けれど、時折、頬を撫でる風はひんやりとして心地いい。

人混みに紛れるようにして、黒田は駅に向かう道を歩き出した。鼻歌のひとつでも出そうなほど、その足取りは軽い。以前と違うことは表情にも出ているらしく、塾で顔を合わせる同級生にまで『なにか、いいことでもあったのか？』と聞かれる始末だ。

（いいこと、か……）

駅の改札を抜け、ホームへと続く階段を駆け上りながら、黒田は唇の端を舌でなぞる。ほんの一瞬、舌にシロップの甘さを感じた気がした。

（……あったといえば、あったのかもしれないな……）

吹き抜ける風が、少し伸びた前髪を嬲る。

もうじき、夏が終わろうとしていた。

◆　◆

夏休みが明けてすぐに実施された実力テストで、黒田は首位に返り咲くことができた。

同じ文系コースの同級生たちの悔しげな視線を久しぶりに浴びながら、これも麻見のお陰だと内心、胸を撫で下ろす。嫉妬や羨望の視線も、以前は当然のものとして受け流していたが、今は少しだけ謙虚な気持ちで見られる。

高校三年も後半に入り、あとは本番の受験に向けて努力あるのみだ。

「黒田。ちょっといいか」

気を引き締め、教室に戻った黒田に、随分と日に焼けたクラスメイトの前川が声を掛けてきた。大手都銀の頭取の息子で、母親同士の繋がりもある。本人とは特別親しいというわけではないが、毎朝、挨拶くらいは交わす間柄だ。

「ああ、なにか」

「ここじゃ、ちょっと」

彼は黒田の肩を抱くようにして廊下に連れ出すと、防火扉の陰で額を寄せてきた。

「お前が夏休み中に、あの麻見と歩いてるのを見たんだけどさ。奴とどういう知り合い？　意外な取り合わせだと思って」

「え、ああ……別にたいした知り合いじゃないよ」

一瞬、ヒヤリとしたが、すぐにそう言ってはぐらかした。

たぶん、初めてバーに連れて行って貰った日のことだろう。連れだって歩く姿を、どこかで見られたらしい。

「それならいいけどさ」

「……なんだよ」

にやついた顔に不快感が込み上げる。さりげなく腕を振り解きながら聞き返すと、前川は勿体ぶるように声を潜めた。

「あいつ、ヤバイらしいよ。付き合わないほうがいいんじゃないかと思って一応、忠告」

「…………」

　黒田は無言で眉を顰（ひそ）める。

　だが、間の悪いことにちょうどそのとき、別のクラスメイトが通りがかった。

「なになに、ヤバイって。なんの話？」

「小杉（こすぎ）……」

　小杉はだれもが知る大企業の社長子息で、学年一のチャラ男と陰で言われているような男だ。親の金と七光りで女にモテることが自慢らしい。頭の回転は速いようだが、他人のスキャンダルを嗅（か）ぎ付けるのはもっと速い。

　なんでもないと黒田が答える前に、興味津々で頭を突っ込んでくる。

「麻見だよ、編入生の」

「ああ！　なに、父親がヤクザとか？」

「それがさ、ヤクザよりヤバイらしい。詳しくはわからないけど、業界やら政財界やらを牛耳（ぎゅうじ）る的な」

「なんだそれ、どこ情報？」

「うちの親に決まってるだろ」

最初はうるさげだった前川も、気をよくしたのか、徐々に口が滑らかになってくる。黙っていた黒田は聞くに堪えず、途中で言葉を遮った。

「やめろよ、ふたりとも……もしそれが本当でも、麻見本人には関係ないだろ」

「親だけじゃないんだって、あいつ本人もヤバイんだよ。警察沙汰になっても親に揉み消してもらえるからさー……もうすでに何人か殺ってんじゃないか、なぁ？」

卑しめるように言って笑う。

同調するように、小杉も大きく頷いた。

「ああ、他の奴なら嘘っぽいけど、あいつならやりかねない雰囲気あるよな」

「だから転校してきたのかもな。黒田、お前マジであいつと知り合いなの？　レールから脱線するのはお前の勝手だけど、受験前の大事な時期にあんな奴とつるんで妙なことに巻き込まれてもしんねーぞ」

「妙なことってなんだよ、気になるじゃん。あ、ひょっとしてヤバイパーティーとか？」

「推測でものを言うな……！」

声を荒らげた黒田に、ふたりは驚いたように口を噤んだ。

体側に添わせた拳を、黒田は固く握り締める。

「彼は……麻見は、そんな人間じゃない」

自分に言い聞かせるように言う。

少なくとも、自分と一緒にいる時の彼は、物静かで思慮深い人間だ。

しかし、それと同等に思い出されるのは、繁華街の路地裏で出会った日のことだ。

喧嘩(けんか)が強い、などというレベルではなかった。あれはきっと、確実に人を殺傷する戦闘術だ。本気を出せば、それこそ命を奪うことも可能だったかもしれない。麻見は複数人を相手に、手加減する余裕さえあったのだ。

麻見を信じたい思いと、疑う心とがせめぎ合う。

「な……なにマジ切れしてんだよ、ってか、黒田こそなんで麻見の肩持つんだよ」

「そ……れは」

うまく返せずに言い淀む。

そもそも基本的なプロフィールさえはぐらかされて、ほとんど教えてもらえなかったというのに、自分こそ、麻見のなにを知った気になっているのだろう。

黒田はしどろもどろになりながら、言葉を探した。

「ほ、本人に聞いたわけでもないのに、人殺しとか……そういうことは言わないほうがいい」

「まあな、俺も見たわけじゃないけど、まぁ気をつければ？　な？」

ちょうどそのとき予鈴が鳴り、三人は白けた空気のまま教室に戻った。

教師がやってきて、全員が起立する。頭もお行儀もいい生徒たちが集まる、名門校らしい授業風景だ。

なぜ麻見が学校に来ないのか、ずっと疑問に思っていた。難関と評されるこの学校に編入できるほどの優秀な男が、もったいない、と。

でも、今、わかった。

麻見が馴染めないのも無理はない。

彼は、ここでは自分が異分子であることを知っている。

（本当の、麻見は……）

どこにいるんだろう……。

その日の授業の内容を、黒田はほとんど覚えていなかった。


随分と日が短くなった。

昼間は残暑が厳しいビル街でも、夜は秋の匂いを肌に感じる。

すっかり歩き慣れてしまった夜の街を、黒田はふらふらと歩いていた。

表と違い、中低層ビルがひしめき合う裏通りを、なんど通ったかわからない。いつものように階段を下り、ドアをあけようとして鍵がかかっていることに気づく。

(…休業日…？)

今まで、そんなことは一度もなかった。

戸惑いながらも、どこかホッとした気持ちで地上に戻る。自分から足を運んでおきながら、いざ麻見と顔を合わせたとき、どんな表情をすればいいのかわからなかった。

駅に引き返そうとして、しかし黒田の足はそこで止まった。ビルの裏口付近で、明らかに年上のダークスーツの男たちが麻見を取り囲んでいるのが見えたからだ。

ジーンズに上着を羽織った麻見は、なにかを考え込むように腕組みしている。

一瞬、絡まれているのかとドキリとしたが、そうではないらしい。麻見と直接話しているのはひとりだけで、後のふたりはまるで要人警護でもするかのように三歩後ろに控えている。

(物騒(ぶっそう)だな……)

立ち聞きなんてよくないとは思いつつも、黒田はダストボックスの陰に身を潜めた。

ビル風のせいで、会話の詳細までは聞こえない。ただ、男が麻見に対し終始敬語なのが印象的だった。

「そろそろお戻りになるようにとおっしゃっています」

「……。あんなところに放り込んでおいて、今さら勝手だな」

「は。しかし」

「戻るつもりはない。そう言っておけ」

ビルの壁に凭れた麻見が無機質な声で答える。

様子を窺った黒田は、麻見の前髪の隙間からチラと覗いた双眸に戦慄した。

自分と話しているときとはまったく違う、鋭さを剝き出しにした冷たい瞳。それは、自分と同じように生きる一介の高校生だと思っていた麻見隆一の、見たことのない顔だった。

（……麻見、きみはいったい……）

口さがないクラスメイトの噂話がいやでも耳に蘇る。

知らない顔どころではない。まるで未知の生物を見ているようだった。

やがて男たちは深々と麻見に一礼すると、傍に止まっていた黒塗りの高級車に乗り込んで走り去った。麻見は腕を組んだまま、険しい表情でそれを見送っている。

完全に声を掛けるタイミングを見失い、所在なげに立ち尽くしていた黒田は、今来たばかりという体で歩道に出る。麻見がすぐに気づき、軽く片手を上げた。

「麻見！」

「新学期なのに、こんなとこ来てていいのか」

スイッチが切り替わったように、顔も態度もいつもの麻見だった。

黒田は戸惑い、口籠もる。

「その、テスト終わったし……でもさっき店覗いたら閉まってたから、休みなのかと」

「いや、ちょっと出てただけだ。すぐにあける」

先に立って店に向かう。

擦れ違いざま、麻見からうっすらと煙草の匂いを感じた。

開店前だから、客のものではない。彼らの移り香か、もしくは自分のものか。麻見に纏わり付く知らない匂いが、黒田の不安をさらに煽る。

「麻見、さっきのひとたちは……」

地下への階段を下りながら、我慢できずに訊ねる。

先を行く麻見の歩調が、一瞬だけ乱れた気がした。

「……見てたのか」

「ごめん……絡まれてるのかと思って」

ドアに鍵を差し込む麻見の顔に、苦いものが過る。無言で中に入り、麻見は羽織っていた上着を脱いでソファに放った。

「あれは、親父の部下だ」

「お父さん、の……？」

言葉に表しがたい違和感が、黒田の中で大きくなっていく。

さっきのただならぬ雰囲気の男たちが、父親の部下だというのか。だとしたら、なんの用事で、なにを伝えに来たのか。父親が息子に対し、電話でもメールでもなく、ましてや直接会うでもなく、部下を寄越すなんて黒田の中の常識では考えられない。

「お父さんの部下のひとが、なぜきみに」

「事情があって、親父とは離れて暮らしてる」

麻見は口許に冷えた笑みを浮かべ、軽く肩を竦めて見せた。

「そう…なんだ」

そう言えば以前、読んでいた本も母親の書斎から抜いてきたと言っていた。だとすれば両親は同居せず、麻見は今、母親の家で暮らしている、ということなのだろう。

両親が離婚している家庭なんて今どき珍しくもない。子供と直接話したり、面会できない親もいると聞く。

特殊な家庭事情が垣間見えたことで、黒田はそれ以上、追求するのをやめた。

「カレー、食っていくだろ？」

カウンターの中に入った麻見が、いつもの調子で訊ねる。最初から、そのつもりで用意してあるとでもいうような当たり前の響きがあった。

「あ……うん」

クラスメイトが言うように、麻見との付き合いを考えたほうがいいのだろうか――そんな不安がチラと脳裏を掠め、同時に自己嫌悪に陥った。

初めて友人と呼べる相手ができたというのに、なんてことを考えているのだろう。

「きみが作るまかないカレー、ちょっと気に入ってるんだ」

本心を誤魔化すように続けると、麻見は背を向けたまま「だよな」と答える。

麻見は今、なにを考えているのだろう。

シャツ越しに見えるしなやかな背中に、黒田は感情を少しでも読み取ろうと目を凝らした。

だが、それは叶わないまま、麻見はカレーをよそった皿をカウンターに置いた。

「いただきます」

スプーンを持つ黒田を、麻見がじっと見ている。なんだか目が合わせ辛くて、俯いたまま口に運んだ。どろりと肉や野菜が溶け合ったまろやかなカレーが胃を熱くする。

いつもと同じはずなのに、よく味がわからなかった。


――あの違和感はなんだったんだろう。

その夜、自室で机に向かいながらも、黒田は漠然とした不安を拭い去れずにいた。

麻見は、今までどんな経験をしてきたのだろう？

そもそも、どんな世界で生きているのだろう？

自分はいったいだれの側で、どこに立つべきなのか、自分の足許さえ覚束ない。

「お兄ちゃま」

小さなノック音に我に返り、席を立ってドアを開ける。

廊下を照らし出す柔らかい光の下、可愛らしいピンク色のワッフルパジャマに白いガウンを羽織った百合が立っていた。

「百合……その歳で、お兄ちゃまはないだろ」

「だって、お兄ちゃまはお兄ちゃまですもの」

ふふ、と微笑し、黒田に湯気の立つカップの載ったトレイを差し出す。

「はい、これ。ハーブティーを淹れたの。レモンバーベナとローズマリーのブレンドなのよ。まだお勉強なさるんでしょ？」

受験でぴりぴりしている兄に、気を遣ってくれたのだろう。百合によれば、どちらも集中力が増す効能が期待できるらしい。

「ありがとう」

片手で温かいカップを受け取り、ついでに柔らかい髪をぽんぽんと撫でる。「もう、子供扱いして」と妹はぷっと頰を膨らませ、ふいに真顔になった。

「お兄ちゃま、なにか、あったの？」

「なにかって？」

「ないなら、いいのだけど……本当はお母様も心配してるの。最近、様子が変だからって」

受験前はぴりぴりするものらしいからと、あえて母親は声を掛けないようにしていたようだ。

厳格な父は仕事一筋で、あまり家庭を顧(かえり)みるタイプではない。そのぶん、黒田は長男としての自覚を幼い頃から強く持つようになっていた。

ことに百合は、幼稚舎から大学までの一貫教育を謳(うた)う名門私立の女子校に通っていて、女子ばかりに囲まれて育ったせいか、少々ブラコンの気があるようだ。

歳の割に幼いこの妹には、なにも心配させたくない。

「大丈夫だよ。ちょっと勉強で疲れてるだけ」

「……本当に？」

本当だよ、と嘯(うそぶ)いて檸檬(レモン)色の透き通った液体を口に含む。レモンバーベナとローズマリー、どちらも黒田には耳慣れないハーブだが、ほのかな酸味があって爽(さわ)やかな口当たりだ。

「ご馳走(ちそう)さま。もう遅いから、百合も早く寝るんだよ」

飲み干したカップを返すと、百合は安堵(あんど)したように兄を見上げた。

「はーい。受験勉強、頑張ってね。お兄ちゃまは優秀だから、きっと合格なさるわ。おやすみなさい」

こんな自分でも、百合にとっては「自慢のお兄ちゃま」なのだ——そう思うと、なおのことしっかりしなければと思う。

（守らないと……）

閉めたドアに背を預け、深い溜息をつく。

百合は、守るべき大事な家族だ。

だがそれと同じように、麻見は自分にとって大事な存在になりつつある。なにより自分にとって初めてできた、腹を割って話せる友人だ。

（向こうは、どう思ってるかわからないけど……）

麻見が、急に得体の知れない遠い存在になってしまった気がして、いたたまれなかった。

短い秋が過ぎ、季節は冬へと移り変わった。

年の瀬も迫った十二月、黒田は学校帰りに古書店に立ち寄った。

二学期最後の登校を終え、明後日から一週間ほど、塾の合宿に参加することになっている。

その前に、どうしても手に入れておきたい本があり、洋書が多く置かれている神保町（じんぼうちょう）の古書店まで足を伸ばしたのだった。

洋書の書架を見上げ、一冊ずつ背表紙を確認していく。

馴染んだ店内というわけではないが、古い紙の匂いが立ちこめ、落ち着く雰囲気だ。大学教授のような老紳士がたまに来るくらいで、閑散としている。

(……あ)

ようやく見つけたその本は、書架のかなり高い位置に刺さっていた。踏み台を借りれば簡単に取れるだろうが、店主はと見ると、レジの向こうで船を漕いでいる。足許に置かれた灯油ストーブが心地いいのだろう。

(背伸びして手を伸ばせば、なんとか届くかもしれない……)

革靴で爪先立ち、足許も不安定なまま手を伸ばしていると、背後から声がかかった。

「なにしてる」

慌てて振り返った黒田は驚きに目を丸くした。

「麻見……」

珍しいところで会うものだ。

私服姿の麻見が、口許にニヤリと笑みを浮かべて立っていた。

「久しぶりだな、黒田」

「あ、ああ」

どうして気配に気づかなかったのだろう。

麻見は二学期も相変わらず登校しなかったらしい。らしい、というのは、受験の追い込みで忙しく、あれからほとんど顔を合わせることがなかったからだ。

「なんで学校来ないんだよ、もう冬休みだぞ」

「俺の夏休みは長いんだよ」

「なに言ってるんだか。夏休みの宿題も出してないくせに」

「宿題を貰ってないんだ」

顔を見合わせ、小声で笑い合う。

黒田は三年の春で成長がほぼ止まってしまったが、麻見はまた少し背が伸びたようだ。

あれからどうしているだろうと気にしつつも、連絡先を聞いていなかったために、電話やメールもできなかった。

足繁く通ったあとで急に行かなくなったから、気まずく思っていたけれども、会えばこうして打ち解けて話せる。

それが嬉しくて、黒田ははにかんだ笑顔を浮かべた。

「きみのクラスの担任が、課題を郵送したら戻ってきたとか職員室でぼやいてたぞ」

「だったら直接、来ればいい」

「きみに凄味がありすぎるのが悪い。担任もクラス委員も怖がって届けに行けない」

「それは俺のせいじゃないな」

「……。まったく、きみってやつは、相変わらずだ……」

麻見がふと眉を顰め、手を伸ばしてきた。指先で、黒田の口許に触れる。

「血が出てる」

まるで熱いものにでも触れたように、黒田はビクッと一歩下がった。

「また、やられたのか？」

「な…なんのことだよ……」

母親の化粧台からこっそり借りたコンシーラーで塗り隠していたのを、目敏く見つけられてしまったようだ。さりげなく切れた口の端を手で隠したが、麻見は強引にその手を退けさせた。

「その傷、前と同じだ」

「転んだんだ」

「器用な転び方をするんだな」

「…………」

黒田は目を逸らし、押し黙った。

意味もなく人差し指で眼鏡を押し上げ、唇を噛む。

「奴らにずっと絡まれてるんだろう。なにがあったか、言え……！」

頑なな黒田の肩を掴み、麻見は真っ正面から見据える。

――不良グループからの恐喝行為が再び始まったのは、夏休みが終わってしばらくしたころだった。

悪知恵の働く彼らは、黒田の自宅付近には姿を見せない。代わりに塾や最寄り駅の近くで待ち伏せし、友人を装ってひとけのない場所へと連れ込むのだ。他人に知られることを畏れる黒田の心情を逆手に取った、狡賢い手口だった。

できるだけ彼らに遭わないよう、ひとつ前の駅で降りるなど防衛はしているが、黒田の立ち寄る場所などそれほど多くはない。すぐに行動範囲を把握されてしまい、いいなりにされている。

黒田が盾になることで、妹に害が及んでいないことだけが救いだった。

「本当に、なんでもないんだ。不注意で、その、恥ずかしいから、母親の化粧品なんかで隠してみたんだけど……」

腕を押し退け、強張った顔で苦しい言い訳を並べ立てる。

だが、麻見の目を間近で見た途端、黒田は尻窄みに口を噤んだ。

逃げることを許さない、強い光を湛えた目だった。

この男に嘘や誤魔化しは通用しない。

観念して、重い口を開く。

「そうだよ、あの不良グループだよ……きみと初めて会った日も、僕は彼らに金を渡す予定であそこにいた。ちょっとしたきっかけで、たかられてるんだ……」

「そのきっかけは、なんなんだ」

表情を険しくした麻見の視線が、口許の痣に注がれているのを感じる。

これ以上、友達に嘘をつくのがつらかった。

本当は、心の奥底でずっとだれかに話を聞いて欲しかった。

何から、どう説明すれば理解してもらえるだろうか。

黒田は迷うように細く息をつき、ゆっくりと小声で話し始めた。

「……きっかけっていうか、その……僕の父が担当した裁判で、彼らの仲間が実刑をくらったらしいんだ。三年になってすぐのころに、学校帰りに待ち伏せされて、殴る蹴るの暴行を受けたときに言われたよ。僕に慰謝料を払えと」

　麻見の眉がぴくりと上がる。

「詳しく聞いたわけじゃないけど、強姦と違法薬物だそうだから、父が、裁判長として下した判決は妥当だったと思う。でも、彼らは気にくわなかったらしくて、妹を盾にとって僕を脅した。口止めだけじゃなくて、妹に手を出さない代わりに、金を寄越せと」

「言いなりに払ったのか」

「最初のうちは……でも、最近はそんなに渡してない。だけど、今度はサンドバッグ代わりに殴られるようになって……避けても待ち伏せされるし、妹に手を出されたらと思うと、我慢するしか、なかった」

　数日前、殴られたときに、小耳に挟んだ話によれば、実刑判決を受けた例の男が、もうすぐ出所してくるらしい。チンピラたちが「兄貴」と呼んで慕う、例の、上の仲間だ。

　下の連中が黒田をいたぶり、報復している気でいる今はまだしも、会ったこともない彼が出所してきたら、黒田へのどんなお礼参りが待っているか、想像もつかない。

「…………」

　腕を組んで聞いていた麻見が、小さく溜息をつく。

「どんな弱みを握られてるのかと思えば、完全に奴らの逆恨みだな」

「……情けないよな」

「いや……」

シュッと水滴が蒸発する音に驚き、ふたりは口を噤む。

書架の隙間から窺うと、店主はレジの向こうで椅子に座り、まだ船を漕いでいた。足許の石油ストーブの上に置かれたヤカンから、白い湯気が上がっているのが見える。

話を聞かれたわけではないと知って黒田は胸を撫で下ろした。麻見に向き直る。

「とにかく、この話は、だれにも言わないで欲しい。父は今、仕事の上でも大事な時期なんだ。面倒事は避けたい」

「来年の最高裁人事か」

「……。なんでも、お見通しなんだな」

来年早々、最高裁人事が大きく動く。ピラミッド型ヒエラルキーを形成する日本の裁判官組織の中、いずれは最高裁長官の座を狙う父にとって、今年一年がどれほど大事な時期であるかは黒田自身もよくわかっている。

「父だけでなく、親族も公職に就いている者が多いんだ。本家の長男として、僕も恥になるようなことはできない。……頼むよ」

K高校は毛並みのいい生徒が揃って（そろ）いる。同じ学年なら、それぞれの出自（しゅつじ）は互いに知っていても不思議はないし、みな親の立ち位置というものもそれなりに理解している。

麻見は承服しかねるような顔をしていたが、黒田の必死な面持ちに「まぁいい」と頷いた。

「何やらかしたのかと思ってたけど、お前が俺の考えてるような奴でよかったよ」

「どういう意味だよ」

む、と顔を上げる。

「クソ真面目で、家族思いな優等生だ」

「な……！　それ、褒めてないだろ！」

「そう聞こえたか？」

麻見がくっと喉を鳴らして笑う。なんだか気が抜けて、黒田も釣られたように小さく笑った。小突き合いながら、顔を見合わせる。

ふと麻見の目が書架へと移った。

長い腕を伸ばし、黒田の頭越しに棚から一冊の本を抜き取る。つい先程まで、黒田が取ろうとしていた書籍だ。

思わず「あっ」と声を上げると、麻見はひとの悪い笑みを浮かべて黒田を流し見た。

「なんだ」

「か、買うのか？　それ」

「ああ、ちょうど読みたかったんだ。こういうのは早いもの勝ち、だろ？」

言うが早いか、レジに持っていってしまう。黒田は慌てて後を追ったが、麻見はさっさと会計を済ませてしまった。

「それ、僕が先に見つけたんだぞ」

悔しげな目で紙袋を受け取る麻見を見る。

「買わずにもたもたしてるほうが悪い」

「それは……そうだけど。きみ、本当にその本を読みたいのか？」

以前、読んでいた洋書も、母親の書斎から適当に抜いてきたとか言うくらいだ。きっと特段この本の著者のファンというわけでもないだろう。ここに来て急に興味を引かれたとでもいうのだろうか。

訝しみながら麻見の後をついて店を出る。通りへ出て肩を並べた黒田に、麻見がひとの悪い笑みを浮かべたまま囁いた。

「貸してやってもいいぞ」

「え？」

「読みたかったんだろう」

「いいのか？」

我ながら現金なものだと思いつつも、黒田はぱっと目を輝かせた。

「ただし、俺が読み終わってからな」

麻見はふふんと笑い含みに言い放ったが、黒田はなんでも構わなかった。

麻見と本の貸し借りなんて、友達らしいやりとりができることが嬉しくて笑顔が零(こぼ)れる。

「それで、いつ読み終わる予定なんだ？」

急(せ)かすように黒田はポケットから手帳を取り出した。

これほど食いつくとは思わなかったのか、黒田の勢いに麻見のほうが押され気味になっている。それが少しおかしくもあった。

「二日もあれば」

「たったの？」

黒田は内心、舌を巻いたが、すぐに神社でのことを思い出し、さもありなんと納得した。

麻見なら、この厚みでも二日あれば読破できてしまうだろう。

「じゃあ最短で金曜日か。っと……悪い、僕その日から塾の合宿なんだ」

読みたかったのに、と黒田は眉を八の字に撓らせる。

「集合はどこだ」

「朝、八時にY駅。バスで合宿施設のある山奥に連れていかれるんだ。小学生みたいだろう？」

「それなら、十分前に同じ駅で待ち合わせるか」

「届けてくれるのか？　きみが、わざわざ？」

「本を受け取ってそのまま合宿に行けばいい。早く読みたいんだろう？」

追い込み前の過酷な合宿だということは承知している。だが、それでも読みたい。

そんな黒田のはやる気持ちを、麻見は汲んでくれるらしい。

思わずまじまじ見つめると、麻見が怪訝な顔をした。

「どうした、そんな顔して」

「いや……きみが、優しいから、どこか悪いんじゃないかと」

「やっぱり貸すのはやめておくかな」

「悪かった、貸してくれ」

軽口をぶつけ合って笑いながら、黒田はどことなくホッとしている自分を感じていた。

だれにも言えず、心の中にずっと溜め込んできたものをようやく吐き出せたせいかもしれない。まだなにも解決したわけではないが、麻見に話を聞いてもらっただけで、こんなにも心が軽い。

「金曜日の朝にY駅の三番出口でいいか」

「うん、わかった」

麻見と外で待ち合わせるなんて初めてだから、なんとなくくすぐったかった。

それに、少なくとも合宿中は不良グループの暴力や恐喝から逃れられる。

「金曜日にまた」

手を振り、弾む足取りで地下鉄の階段を駆け下りる。

(金曜日に、また、か……)

麻見と交わした、初めての約束を頭の中で反芻(はんすう)する。

――だが、その約束が果たされることはなかった。

◆　◆

視界が、絶え間なく揺れている。

ぐちゃぐちゃと粘膜を掻き混ぜる音は口の中か、それとも背後から聞こえるものか、わからなかった。抵抗したときに眼鏡はどこかに飛んでいき、遠くの視界がはっきりしない。

服を剝ぎ取られた黒田は手錠をかけられ、犬のように四つん這いの体勢で、見知らぬ男に犯されていた。口には別の男の性器を含まされている。

体位を自由に変えられるようにか、下肢に枷(かせ)はない。代わりに手錠からは短い鎖が伸びていて、頑丈な鉄のポールに括(くく)り付けられている。まるで奴隷か、囚人だ。鎖を引きちぎることもできず、逃げ出すことはおろか抵抗もできない。

——金曜日の朝、駅に向かう道で拉致され、車でここに連れて来られた。

手足を縛られ、後部座席に押し込まれたときに薬物を打たれたらしく、あとの記憶は曖昧(あいまい)だ。

ただ、目隠しされた黒田の耳許で、だれかが『出所祝いのパーティーに招待してやる』と不気味に囁いたことだけは覚えている。

例の、父が塀の中へと送った男の犯行だった。

「ん、んぐ……ッん……ッ」

黒田の喉を突き破る勢いで男が激しく腰を振る。口淫と言うより、もはや拷問に近い。

拉致された先で黒田を待っていたのは、屈強な男たちに代わる代わる犯されるという地獄だった。

「くはっ……こいつの口たまんねぇ」

打ちっ放しのコンクリートで囲まれたこの部屋は、柄の悪いチンピラのたまり場らしい。

どこかの地下にあるクラブのバックヤードなのか、隅にはアンプなどの音響機材が詰まれ、時間帯によっては、ひとの出入りの際にテクノサウンドの音や光がうるさく響いてくる。彼らはここを「VIPルーム」と呼んでいるようだったが、室内にはローテーブルと、酒と煙草の匂いが染みついたソファくらいしかなく、空気は常に澱んでいた。

「ぐっ……」

今が昼なのか夜なのか、あれから何日経ったのかもわからない。殴る蹴るの暴行を受けた末、朝となく夜となく心身を蹂躙され続け、日にちの感覚さえすでにない。

外国人を含む十人ほどの男たちが入れ替わり立ち替わりやってきて、酒やドラッグをやりながら、まるでゲームでも楽しむように交代で黒田を弄ぶ。

理由もなく、ただ蹂躙され続ける屈辱と恥辱だけが、腹の底で渦巻いていた。

「早くしろョ。後ろ、つかえてんだからョ」

ソファで酒を飲んでいた浅黒い肌の男が、外国訛りの日本語で文句を言う。口淫を強いていた男が顔を上げ、舌打ちした。

「うっせぇな、楽しませろって」

そう言いながら、射精に向かう男の動きが激しくなる。律動が止まった途端、びしゃっと生温かい体液が喉奥に叩き付けられ、黒田は目を見開いた。

「うぐッ……ッんぐぅ……ッ」

胃液が逆流するのがわかる。

性器を抜き取られるや否や、黒田は激しく咳き込んだ。

「……げほっ、かは……っ」

「うわ、きったねぇ」

身仕舞いをしながら男が笑う。

「バーカ、奥に突っ込みすぎなんだよ」

黒田を背後から犯している男が心底、馬鹿にした口調で言う。

初対面のときはスーツを着ていてわからなかったが、シャツを脱いだ上半身には、胸から手首にかけて隙間なく刺青（タトゥ）が彫られている。観音菩薩や蓮（はす）の花、梵字（ぼんじ）などがちりばめられた和彫りの刺青で、背中までびっしり繋がっているようだ。

黒田の上半身が床に潰れても、重く、深く、腰を送る動きは止めない。黒田を執拗に痛めつけるこの刺青の男こそが、出所したばかりの「兄貴分」であり、そして、ここにいる十人ほどのチンピラを纏めている頭（ボス）だった。

「兄貴だってケツ裂けて血ィ出てんじゃないすか」

「女じゃねーから滑り悪ぃんだよ。……おい、だれかローション追加で買ってこい！」

すぐに下っ端と思われる男が返事をして、どこかに出て行った。

屈辱に腸（はらわた）が煮え立つ思いだったが、黒田に抵抗するだけの力はもはやない。下半身だけを高く上げさせられたまま、ガクガクと揺さぶられる。無理な体勢を取らされ続けた膝や腰はすでに限界を越えていた。

「うっ……っ、っく……ふ……っ」

この絶望は、いつ終わりが来るのだろう。最初のときはあまりの痛みに気を失ったが、彼らは手加減するどころか、笑いながら陵辱（りょうじょく）した。

男女の淡い恋愛さえ経験し得ないうちに、男の欲望を無理矢理ぶつけられる。そんなことが現実にあっていいはずがない。

いっそ、夢であって欲しい——いつかこの悪夢が醒（さ）めることばかりを願いながら、ともすればクスリのせいで危うくなりがちな理性を必死に保っている。

「そろそろクスリ切れるころだろ。ついでに足しとけ」

朦朧（もうろう）とした意識の中、咥（くわ）え煙草のボスが命じる声が聞こえた。だが黒田は、もう指一本動かせない。

死んだように横たわっていると、見覚えのある男がふたりやってきて、傍（かたわ）らにしゃがみ込んだ。嬲（なぶ）るような目つきで覗き込まれる。

「久しぶりだなァ、慎司（しんじ）クン」

「しばらく顔見なかったけど、俺たちのこと覚えてるゥ？」

「！」

見覚えのあるスキンヘッドに黒田は凍り付いた。

半年前、麻見に腕を折られた男と、その腰巾着だ。しばらく見なかったが、怪我はすっかり完治したらしい。驚愕に言葉を失う黒田を、ふたりは下卑た目で見下ろした。

「ほーら、慎司クンのだーいすきなお薬の時間だよォ」

「！」

注射器を見せられ、黒田は咄嗟に身を捩った。

ここにきてからすでに何度も使われている薬物だ。

「暴れんじゃねーよ」

薬漬けにされる恐怖に叫び、暴れる黒田をふたりがかりで押さえつける。

「やめ……っも、イヤだ……っ」

抵抗虚しく押さえつけられ、汗ばむ肌に針を突き立てられた。

注射器の中身が、体内に吸い込まれていく。

「すぐに気持ちよくなるって」

「ジジー……ッ!!」

痙攣していた身体が、すぅっと弛緩する。

意識が急激に溶けていき、代わりに、消えかけていた五感が戻ってくる。

否、戻ってくるなんてものじゃない。

「あ……あぁ……っ」

全身の感覚が鋭敏になり、粘膜という粘膜が熱くなる。

熱を帯びた下半身がうずうずして、もどかしい。触られてもいないのに、まるで自慰するときのような淫らな疼き（うず）が下腹部を這い上がってくる。

「おい、こいつ勃起してやがんぜ」

「スゲェ……でも、あんま打ちすぎると廃人になっちまうって兄貴が」

「わかってるって」

そう言いながらも、スキンヘッドはじろじろと黒田の身体を眺め回した。

「イイ光景だな。いっそビデオ撮ってパパに送りつけてやるか」

「裁判長の息子さんはとんだ淫乱ですよってか。ハハ、そりゃいい」

父の名が出た瞬間、全身から血の気が引いた。

（……もう……おしまいだ）

固く閉じた目蓋（まぶた）の隙間からうっすらと涙が滲（にじ）み出る。

いっそ舌を嚙み切りたいと願っても、身体はいうことを聞かない。肌は怒りと羞恥でうす紅色に染まり、まるで上気したようになっていた。

それが、はからずも雄の劣情を煽ったらしい。

「……おい……」

覗き込んでいたスキンヘッドが、ゴクリと喉を慣らした。顔色を窺うように、すでにソファで寛いでいるボス格の男を見る。

強い酒をラッパ飲みしていたボスは口許を拭い、ニヤリと笑った。

「いいぜ。味わってみろや」

その言葉を待っていたように、スキンヘッドは急いた手つきでスラックスの前を開いた。物見高く、部屋に居た男たちが集まってくる。

「ちょ、マジ……」

「いいから黙って押さえてろ」

上擦(うわず)った声で言いながら黒田の腰を抱え上げる。野太い切っ先を押し当てられ、黒田は足をばたつかせた。

こんな状態で、犯されたらどうなるか。

「……っいやだ、っやめ……!」

仰向けに転がされた状態で、強引に押し挿（い）られる。衆人環視（しゅうじんかんし）の中で、黒田は声にならない悲鳴を上げた。好奇の視線を注がれる中で、滅茶苦茶（めちゃくちゃ）に犯される。

――見るな、見ないでくれ。

下品な揶揄（やゆ）が次々と浴びせられる。

「うお、すっげぇ！」

男の動きが激しくなった。

視界が激しくぶれ、快楽が撥（は）ね上がる。

理性を根こそぎ奪い去られ、嬌声（きょうせい）か悲鳴かわからない声が喉から迸（ほとばし）る。周辺を取り囲む男たちの手が方々から伸びてきて、身体を再び弄ばれた。

「あ……っあ……っいやぁ、だ……っ！」

黒田の中で、なにかが壊れていく。

――だれか、助けてくれ……。

焦点の合わない目が宙を彷徨（さまよ）う。

知らぬ間に、意識を飛ばしていたようだった。

目を開けると、黒田は床に仰向けでまだ揺さぶられていた。

不意に、抽挿(ちゅうそう)が止まる。ボスの男が、不審げに黒田の顔を覗き込んだ。

「なに、笑ってる」

「…………」

目は開けているのに、反応できない。

異変に気づいたボスが、気持ち悪そうに腰を引いた。部屋の隅で飲んでいた手下を呼びつける。

「おい、お前ら」

「なんすか」

「こいつ、変なんだよ」

何度か頬を張られたが、不思議と痛みは感じなかった。

これまで散々、自分を犯した連中なのに、だれがだれだったか思い出せない。

蹴飛ばされても、床に転がったまま反応を返さない黒田を見て、顔を見合わせる。

「駄目だな。壊れちまってる」

「もう少し楽しむ予定だったのに」

「しょうがねぇな」

ボスがニヤニヤしながら、おもむろにジャケットの内側を探る。取り出されたものを見て、手下どもは口笛を吹いた。

「すげぇっすね、それが例の、組にもらったっていう……？」

「ばーか、預かりモンだよ。……さてと、そろそろ楽にしてやるか」

ボスが手にしていたのは拳銃だった。

黒田は思わず息を呑む。本物を見るのは生まれて初めてだ。

ボスは得意げに見せびらかしながら、銃口を黒田の額に押しつける。

セイフティを外す音が、やたらと大きく聞こえた。

「……ッ」

重く冷たい感触が、じわじわと皮膚を通じて伝わってくる。皮肉にも、その恐怖と銃の感触が黒田の意識を急激に正常へと引き戻した。

――殺される。

死を意識した途端、身体中から冷たい汗が噴き出してくるのを感じた。

腹の底から、本能的な恐怖が湧き上がってくる。

(――いやだ…死にたくない……っ)

震えが全身へと広がる。

身体から、すべての力が抜けてしまう。

ガチガチと奥歯を鳴らしながら、黒田は懇願するようにボスを見上げた。

と、そのときだった。

「だ、だれだっ⁉」

視界に飛び込んできたのは、取り囲む男の一人が、まるで糸の切れた人形のように崩れ落ちていく姿だった。

「お……い」

俯せた男の背中には、ナイフが深々と刺さっている。微(かす)かな鉄くさい匂いとともに、薄汚れたコンクリートに赤い血だまりが広がっていく。

なにが起きたのかわからない。

混乱のどよめきとともに場が騒然となる。

「騒ぐんじゃねぇ！　見張りはどうしたっ」

ボスが浮き足だつ仲間を怒鳴りつけながら振り返る。それを凌駕する声量で、聞き覚えのある声が室内に響き渡った。

「黒田！　生きてるか⁉」

「……あ…さ、み……？」

――いったい、いつのまに潜入したのか。

幻覚でも見ているのかと、黒田は大きく目を瞠った。

麻見が、倒れた男の背から素早くナイフを抜き取る。男は、すでに絶命していた。

（なぜ……）

麻見がこのような場所にいるのだろう。

混乱の中で、麻見と目が合う。

黒田の様子を一目見るなり、麻見を包む空気の温度が下がるのがわかった。

柳眉を逆立て、無言でチンピラたちを睨め付ける。氷のような瞳の奥に、怒りの焔が揺らめくのを見て、チンピラたちはたじろいだように一歩下がった。

「ああ？　なんだ、こいつは！」

ひとりだけ状況が呑み込めていないボスの男に、スキンヘッドが何事か耳打ちする。説明を聞かされるボスの顔がみるみる険悪になっていった。

「んだよ、てめぇの腕こいつにやられたのか？　まだガキじゃねぇか、情けねぇ！」

　スキンヘッドが気まずそうに視線を泳がせる。

「リベンジにはちょうどいいだろ。てめぇら、こいつも同じように可愛がってやれ」

　それを合図に、男たちが一斉に襲いかかった。

　麻見は右手でナイフを逆手に握り、向かってくる男を躱しざま、脇腹に刀身を沈める。そして背後から掴み掛かってきた別の男の手首を掴み、上方へナイフを弾ませるようにして頸動脈を断ち切った。派手に噴き上がる血飛沫で壁が鮮やかな赤に染まる。

「ぐぁ……っ」

　断末魔の呻きを上げて男が倒れる。両者の力の差は歴然としていて、まるで大人と子供の闘いだ。

　相手の急所を狙う麻見の動きには躊躇がなく、そして非情なまでに静かだった。ナイフで次々と敵を仕留めていく麻見の姿を、黒田は茫然自失の状態でただ見つめるしかない。

「！」

　そのときだった。

いきなり背後から肘で首を抱え込まれ、身体が宙に浮き上がる。

気道を締め上げられ、黒田はもがいた。

「ぐ……っ」

「動くな！」

こめかみに銃口を押し当てられた。

進退窮まったボスの男が、黒田を盾にしながら麻見に向かって叫ぶ。

「ナイフを床に置いて、こっちに蹴飛ばすんだ。でないとこいつの脳天をぶち抜く」

麻見は黙したまま、険しい目でボスを睨み据えている。

反対に、ボスはひどく興奮しているようだ。緊迫した空気の中、荒い息遣いが響いている。

黒田はたまらず、叫んだ。

「麻見！　こいつの言うことなんか聞くなっ……！」

「うるせぇ！　お前は黙ってろ」

銃の台尻で強く殴られ、口内に血の味が広がる。

一瞬、意識が飛びかけたが、黒田はなおも必死に声を振り絞る。

「僕のことはいいから！　早く逃げろよ……！」

「お友達を見捨てんのか？　できるわけねぇよなぁ？　ここまで来たんだからよ」

黒田の額に銃口を押しつけ、ボスが舌舐めずりしながらせせら笑った。

見え透いた挑発だ。だが、麻見はボスを鋭い目で見据えたまま、あっさりと頷いた。

「――わかった。言うとおりにするから、そいつを離せ」

「麻見……!?」

黒田が見ている前で、麻見は静かにナイフを床に置いた。

「頭の後ろで手を組んで、こっちに蹴飛ばせ」

ボスが命じるままに麻見は立ち上がり、足許に置いたナイフを軽く蹴飛ばす。鈍い銀色の光を放つナイフが回転しながら床を滑り、ボスの数十センチ前で止まった。

「麻見……っ、どうして……！」

黒田の悲痛な声が部屋に響く。

勝ち誇ったようにボスがニヤリと笑った。

「そうだ……そのまま、おとなしく待ってろ……」

ボスは片腕で黒田を抱え込んだまま、ジリジリとナイフに近づく。拾い上げようと腰を屈めた瞬間、銃口が黒田から外れた。

暗闇に潜んで獲物を狙う豹のように、麻見の瞳が蛍光灯に反射して青白く光る。

ほんの一瞬のその隙を、麻見は見逃さなかった。

「！」

視界から麻見の姿が消える。

次の瞬間、麻見が拳銃ごとボスの手を蹴り上げ、黒田はその反動で床に転がった。

「チィッ」

銃を弾き飛ばされたボスが、懐からアーミーナイフを取り出した。まだ他にも武器を隠し持っていたらしい。

「クソッタレ！」

麻見に向かって、まるでコブラのように激しくナイフを突き出す。滅茶苦茶だが激しい攻撃に、麻見はじりじりと圧されていった。

「っ」

突き出されたナイフが、麻見の頬数ミリのところを掠める。数本の髪が宙に散り、ボスが下卑た笑みを浮かべた。

床に転がったまま二人の戦いを呆然と見守る黒田の瞳に、先程まで自分をさいなんでいた連中の無残な姿が映った。

倒れた男の目は、生気が失せ、命の灯は完全に消えている。

――死んでいるのだ……。

恐ろしくはない。憎悪の対象がこの世から消えただけだ。

だが、理不尽な責め苦に傷付けられた下肢は疼き、喉は枯れ、ボロボロに打ち砕かれた男としてのプライドはもう元には戻らない。

絶望に歪む黒田の視界に、ふと鈍く光る拳銃が映る。先程、麻見に蹴り飛ばされた銃だ。

考えるより先に身体が動いた。黒田は緩慢な動作で上体を起こし、腹ばいのまま、鎖の長さの限界までソファに近づく。手錠がかかったままの両手を伸ばしたが、あと数ミリのところで届かない。

(……殺してやる……)

どす黒い感情が腹の底から湧き上がってくる。

「……くっ……」

どうにか中指の先を引き金にひっかけ、そろそろと拳銃を引き寄せる。

初めて触れる本物の拳銃は、持ち上げるとずっしりとした重さを感じた。黒田は床に蹲ったまま、自分を情け容赦なく陵辱した男に銃を向ける。目はかすみ、支える両手がブルブルと震えている。

（――殺してやる……！）

頭の中で何かが弾けた。

「やめろ、黒田！」

制止の叫びに鞭打（むちう）たれ、黒田はビクッと動きを止める。

一瞬、それに気を取られたボスの右手を麻見の手刀が直撃した。

「ぐわっ！」

骨が砕ける音と、悲鳴じみた呻きが響く。利き手を押さえ、身体をくの字に折った男を、すかさず麻見が背後から肘で締め上げた。頸動脈を圧迫され、ボスの顔色がどす黒く染まっていく。

「あぐっ……ぐぅう……っ」

固いものが潰れるような嫌な音を最後に、ボスの首は深く項垂（うなだ）れた。失神ではない。麻見が手を離すと、口から血の泡を垂らしながらどさっと床に落ちた。

辺りがシンと静まりかえる。

ぴくりとも動かなくなった男を見て、黒田は震える声を絞り出した。

「死んだ……のか……？」

「ああ、全員殺った」

ひどく冷静な麻見とは裏腹に、黒田は銃を握り締めたまま、微動(びどう)だにできなかった。

「そいつを寄越せ、黒田」

「……？」

「銃を……そいつはお前には必要ない」

震える手から、麻見がそっと銃を取り上げる。

黒田は呆然としたまま、自分の手の平を見つめる。

「ぼ、ぼくは何を……」

うまく舌が動かない。

心も身体も、すべてが麻痺したみたいだった。

黒田は放心したまま、ゆっくりと周囲を見回した。室内には噎(む)せ返るほどの血の臭いが立ちこめている。作り物などではない、本物の、濃厚な死の香りだ。

「あったぞ」

麻見が、ボスのポケットから鍵を見つけ出した。

「手を出せ」

片膝をつき、手錠を外してくれる。痛々しく残る注射痕を見つめ、短く訊ねる。

「薬物か。なにを打たれた」

自由になった両手首にはぐるりと赤黒い痣ができていた。

震える手でそれを隠すように擦りながら、黒田はぎこちなく首を横に振る。

「わ……ら、ない、三…四回は…………」

麻見は立ち上がり、その辺の機材や家具の裏などを調べ始める。ほどなくして、ドラッグと思われる割れたアンプルを見つけ出した。匂いを嗅ぎ、眉を顰める。

麻見はアンプルを回収し、着ていた上着を脱いだ。放心したように座り込んでいる黒田の剥き出しの肩にそっと掛けてくれる。

「す、……すま、ない」

自分が裸だったことを思い出し、急に恥ずかしくなって上着の前をかき合わせる。

「間に合ってよかった。立てるか？」

麻見が手を差し伸べる。

その手に触れた瞬間、不意に視界がぼやけた。

「あ…り、が、とう……」

視界が暗くなり、急激に意識が遠のいていく。


目が覚めると、そこはベッドの上だった。

いつのまにか黒田は浴衣を着せられ、寝かされていた。

時刻はわからないが、おそらく夜だろう。カーテンは閉められ、枕元の間接照明だけがほのかな飴色(あめいろ)の光を放っている。まだ夢の中にいるみたいだ。

枕元を探ると、ちょうど眼鏡が置かれていて、うっかり床に弾き落としてしまった。まだ薬が抜けていないのか、頭も身体も痺れたように動きが鈍い。

拾おうと寝返りを打った瞬間、ひどい痛みとともに呻き声が漏れる。

「ぁぅ……っ」

身体がバラバラになりそうな痛みだった。ことに、下半身がひどく重怠い。

(そうだ、僕は奴らに……)

いっそ、すべてが夢か幻であったならよかったのに。

絞るように息をしながら、黒田は震える手を床にのばした。いつもの何倍も苦労して眼鏡をかける。

(ここは……少なくとも、病院じゃないな……)

客間、だろうか。

私室というには生活感が足りないようだ。

ベッドの脇に置かれたサイドテーブルと電話機、それに重厚な木製のクローゼット。見回す限り、余計なものはなにひとつない。だが調度品の質は高く、シンプルで落ち着いた色調といい、どこかの邸宅の一室であることは間違いなかった。

失神した後、おそらく麻見にここまで連れて来られたのだろう。

薄れ行く意識の中で、取った手の温かさだけは鮮明に覚えている。

(……そう言えば、麻見は……)

室内にひとの気配はない。

「!」

突然ドアが開き、麻見が入ってきた。

大きめの洗面器と、家庭用の救急箱を携えている。どんな顔をしたらいいのかわからないまま、目が合ってしまった。

「起きたか」

サイドテーブルに洗面器と救急箱を置き、黒田の顔色を確認する。

暗かった室内の灯(あか)りが一斉に光度を増し、黒田は眩(まぶ)しさに眼を細めた。ベッドに起き上がろうとするものの、まだ思うように動けない。痛みだけでなく、身体も少し熱っぽいようだ。

「無理するな」

麻見は言い、傍にあった椅子を引き寄せた。

「……ここは……？」

「俺の部屋だ。この離れに人はほとんど来ないから、遠慮はいらない」

件(くだん)の、麻見が身を寄せているという母親の実家らしい。

この部屋は自室として与えられている、離れの客間だと、麻見は言った。バス、トイレの揃った和洋室で、和室の縁側からは庭に出ることが出来る。完全に、独立した空間だ。

離れだけでなく、屋敷全体の広さも相当なものだろう。

黒田はようやく、ほっと息をつくことができた。

「その、……ありがとう。いろいろと……面倒をかけたみたいで」

「構わないさ」

麻見がいきなり黒田の上掛けをはぐった。寝間着の腰紐を解こうとする。

黒田は驚き、慌ててその手を制止した。

「なにをする……」

「身体を拭いて、手当をするだけだ」

見ると、麻見が持って来た洗面器の中には、湯気の立つ濡れタオルがいくつか入っていた。

傍らの半透明の大きな救急箱には、傷薬や真新しい包帯などが整然と詰め込まれている。

「い、いい、自分でする」

助けてもらったとはいえ、仮にも同級生に、そこまで世話されるのは恥ずかしい。

やんわりと拒んだものの、正論で押し切られる。

「お前が眠っている間にも、身体を拭いてやったんだから今さらだろ。怪我人は黙っていい子にしてろ」

「…………っ」

有無を言わさず、寝間着を上半身だけ脱がされた。

蛍光灯の灯りの下、そこかしこに刻まれた蛮行の痕跡が露になる。

痛々しさに、我ながら思わず目を背けたくなるほどだったが、麻見は顔色ひとつ変えない。

「少し、沁みるかもしれないが」

「あ、ああ……大丈夫」

温かく濡れたタオルが肌に触れた途端、ビクッと身体が跳ねる。

不幸中の幸いというべきか、医者が言うには、骨や内臓へのダメージは、ほとんど見受けられないらしい。言われてみればたしかに、殴る蹴るの暴力よりも、クスリで動けなくさせられ、陵辱される時間のほうが長かったように思う。

麻見が踏み込んだタイミングがいつだったか、正確にはわからない。

強姦されている最中を、麻見に見られただろうか。

彼の黒田への接しかたは以前と変わらない。なにも気づかれていないことを願いながら、身体を固くして清拭を受ける。

「痛むか」

「い、いや……」

擦り傷には軟膏を塗り、ガーゼを当てて包帯を巻かれた。できるだけ簡易に、手早く行おうとしているのが伝わってくる。

「悪いが、どんな弊害があるかわからないから、痛み止めは飲ませられない。二、三日は身体がきついだろうが、クスリが抜けるまで我慢しろ」

「……わかった……」

相手は麻見だとわかっていても、身体の震えはどうしようもない。恐怖に身体が震え、呼吸が浅く、荒くなる。

「て、手慣れてるんだな」

「戦場でもたついてたら命がいくつあっても足りない」

「戦場か。面白い例えを使うなきみは……」

表情をゆるませ、ふと真顔になる。

「麻見、そう言えば、今日は何日なんだ?」

「ああ」

何週間も監禁されていたように感じたが、実際にはほんの数日の出来事だったらしい。黒田が拉致された日から数えて四日ほどが過ぎていた。

(結局、塾の合宿を無断欠席してしまったな……)

塾の合宿は一週間。

とはいえ、無断欠席すれば当然、保護者にも連絡が入るだろうし、黒田の素行から鑑みても、サボったとは考えないだろう。心配しているだろうし、最悪、捜索願が出されて大騒ぎになっていてもおかしくない。

（どうしたら……）

多くの死者が出ていることは事実だった。暴行や強請りはまだしも、男に犯されたなんて、絶対にだれにも知られたくない。

「家には……家族には、どう……」

黒田は言い淀み、目を泳がせた。

自分のことばかり気にしているようで気が引けたからだ。

だが、麻見は平然と答えた。

「合宿は風邪で欠席したことにしてある。家族には、合宿後も年内は友達の家に泊まって勉強会とでも言っておいて、痣が目立たなくなるまでここにいればいい」

たしかに満身創痍の今の姿では、塾の合宿帰りと言うにはあまりにも不自然だ。せめて普通に歩けるくらいになるまで、麻見の家に滞在できるならありがたい。

礼を言おうとして、ふと表情を曇らせる。

「――でもあのことは……あのあとクラブでのことはどうなった？　警察は？」

それまで穏やかだった麻見の顔から表情が消えた。

「そのことはいい。お前が気にする必要はない」

突き放すような言葉に、少なからず動揺する。

「で、でもあれは僕のせいで……」

ここまでの目に遭い、罪と秘密を共有した。もうなにも知らなかったころの自分には戻れない。だが麻見は、自分とお前とは違うのだと言わんばかりに一線を引く。

黒田は躊躇（ためら）いながら、麻見の顔色を窺った。

「僕だけ何も知らないままなんて……そんなこと許されるはずが……」

上半身を拭っていた手を止め、麻見は視線を上げた。

「この前のことを知っている奴は、もういない。お前が黙っている限り、今まで通りだ」

淡々と告げる麻見の目を、黒田は見つめる。

（なにもかも、きみだけが被（かぶ）ろうというのか……？）

麻見からは、引かれた線の向こう側で生きていくという決意めいたものが感じられた。

だが、線のこちら側で生きる黒田に、同じ道を歩む覚悟があるかと問われれば、それは——。

(僕には、ない……)

覚悟がないのなら、知るべきではない。

だから、一緒に背負うことはないと、麻見はそう言ったのだ。

黒田の肌を拭う手が、下肢へと移る。

麻見はタオルを新しいものに取り替え、腹部から薄めの草叢と性器までを丁寧に拭う。

意識しないようにしても、やはり恥ずかしいものは恥ずかしい。だが今はそれだけではすまなかった。濡れタオルが際疾い場所に触れるたび、黒田は真っ赤になって首を振った。

「いい、そこは……っ」

「駄目だ。きちんと手当しないと」

「!」

恥ずかしがって身体を捩ったはずみに、手酷い暴行を受けた秘部に鋭い痛みが走る。途端に目まいのような吐き気を感じ、目の前が真っ白になった。

「黒田？」

「は…離せ…やめろ!!」

黒田は絶叫し、身体を仰け反らせる。思い出したくもない絶望的な記憶がフラッシュバックする。

自分を犯そうと襲いかかる男の幻影から逃げようともがくが、思うように身体が動かない。危うくベッドから転げ落ちそうになった黒田を、麻見が抱き留めた。

「危ない……っ」

「僕に触るな！」

怒濤のように押し寄せてくる記憶に翻弄され、頭がパンクしそうだった。まるで過呼吸の発作でも起こしたように荒く喘ぎながら手足をばたつかせる。

「やめろ！　嫌だ嫌だっ近寄るな！」

助けを求めて叫ぶ黒田を、麻見が抱きすくめた。

「落ち着け……！」

「……っ、……っ」

「ひどいことはしない、手当するだけだ。俺を見ろ」

「……麻見」

「そうだ」

黒田の瞳に正気が戻ってくる。

麻見が息をつき、腕を弛(ゆる)める。

「あさみ……」

そうだ。

麻見はあの男たちとは違う。信頼できる、唯一無二の友であり、命の恩人。

麻見の広い胸に顔を埋めたまま、黒田は安堵したように息を大きく吐いた。

よしよしと、幼子をあやすように後頭部を撫でられる。

「大丈夫だ。ゆっくりと呼吸しろ」

「……っ、ふ……っ」

「もうすべて終わったんだ」

「……っ、――……」

細く、深く息を吐きながら目蓋を閉じる。

じわりと温かいものが滲み、やがて雫(しずく)となって頬を伝った。

（ああ……そうか）

すべて終わった――真意を理解して、涙する。否、ようやく泣くことが出来たといったほうが正しいのかもしれない。

麻見は瞳に少しだけ労り(いたわ)の色を浮かべて黒田を見ている。

彼は黒田のために、その手を汚した。

人を殺めた——その大きな事実が改めて黒田の心にのしかかる。

だが、なぜだろう。今はすべてを消し去ってくれた麻見への信頼と友愛の気持ちのほうが大きい。このことが公になり、すべてを失うことになっても、麻見がいる。この罪はこれから先ずっとふたりで抱えていくことになるだろう。

何があろうとも麻見だけは信じられる。

自分たちは、いわば運命共同体——そう考えると、なぜか罪悪感に甘やかな陶酔(とうすい)が混じり込んだ。

(こんなときに、不謹慎だな……僕は……)

黒田は吐息を漏らし、ゆっくりと麻見から身体を離した。

手の甲で、恥ずかしげに目元を拭う。

「ありがとう。もう、大丈夫だ」

クッションを背当てにし、ベッドに半身を緩く起こした状態で座る。治療してもらったとはいえ、頭痛は相変わらずで身体も少し熱っぽい。

黒田が落ち着きを取り戻すと、麻見は水差しを取ってグラスに水を注いだ。

「飲め」

「……今はいい……」

「身体からクスリを抜くためだ。たくさん水分を摂れば早く流れる」

そう言われてしまうと、飲むしかない。

背中を支えてもらい、差し出されたグラスに口をつける。

「食べられそうなら、あとで粥を作ってやる」

「ありがとう」

再び麻見の作った料理を口にすることが出来るとは思わなかった。そう考えて、初めて生きているという実感が湧いてくる。

「——ごめん。なにからなにまで」

「貸しにしといてやる。いつか、返せよ」

麻見の口端がわずかに上がるのを、黒田は見逃さなかった。

「あ、ああ、もちろんそれは……」

「冗談だ。……友達だろ？」

そのひとことに、ただ胸がいっぱいになる。

「ああ、友達だ」

今までも、これからも、きっと麻見以上に大事に思える友人はいないだろう。

「そろそろ横になれ」

救急箱を閉めた麻見が立ち上がった。

黒田の寝間着を元通りに直し、上掛けを掛けてくれる。

あれほど眠ったあとにも関わらず、灯りを絞られるとすぐにまた眠気が襲ってきた。急激に目蓋が重くなる。

「――おやすみ」


若い身体は回復も早い。

三日も経つと怪我はだいぶ癒え、ゆっくりとだが動けるようになった。

黒田は自分からベッドを出て、窓際に立った。

日が暮れ、暗くなり始めた外を眺める。

美しく手入れされた庭園には木枯らしが吹きすさび、すっかり冬の体を成していた。ときどき吹きつける風が木々を揺らし、灰色の空と相俟(あいま)ってひどく寒々しい。

反対に、屋敷内はいつも息を潜めるようにシンと静まりかえっている。

この屋敷には家主である母親の他、住み込みの使用人が数人いるという。広さや部屋数を鑑みれば当然だろう。だが、顔を見たことはほとんどない。

ただ一度だけ、使用人と思(おぼ)しき年配の女性と廊下で擦れ違ったことがあった。

黒田は動揺しつつ頭を下げたが、女性は目を伏せたまま深々と一礼し、足早に立ち去った。一緒にいた麻見にいたっては、ひとことも言葉を交わさないまま通り過ぎ、その他人行儀ぶりには内心ひどく驚かされたものだ。

(なんとなく、だけど)

黒田は窓ガラスを鏡代わりに、室内を見回した。

――この部屋には、生活感がない。

たしかに麻見はここで寝起きしている。けれど不思議なことに、根を下ろした感じがしないのだ。家具や私物の少なさと言い、いかにも仮住まいという印象で、不安になる。

（不安……？）

不意にドアが開く音がして、麻見が入ってきた。

トレイに温められた二つのカップとポットが載せられているのを見て、黒田は顔をほころばせる。殺風景だが、居心地は決して悪くない理由は、部屋の主が見かけによらず、甲斐甲斐しい点にあるのかもしれない。

「気分はどうだ」

「ありがとう。お陰様で、だいぶいいよ」

トレイをテーブルに置き、麻見が傍に歩み寄る。

ガラスに反射する麻見の表情は、いつもより柔らかい。ともすれば、ここでの日々がずっと続くような、甘やかな錯覚を起こしそうになる。黒田はそっとガラスから視線を外し、肩越しに振り返った。

「なにか、羽織るものを貸してもらえないか」

「寒いのか？」

「いや。……少し、外の空気を吸いたいんだ」

　ガウンを肩に掛け、草履（ぞうり）を借りて園庭に降りる。

　四季折々を彩（いろど）る樹木や庭石が美しい、見事な日本庭園だ。自然の植生を備えた園庭はかなり広く、小さな人工滝から流れ込む池のほとりには閑静なたたずまいの東屋が見える。

　まだ本調子でないからか、少し歩いただけで息が切れ、吐く息が白く凍った。

「まだ歩くと、少しきついな」

「転ぶなよ」

　だが、リハビリにはちょうどいい。

　ゆっくりと連れ立って歩き、母屋（おもや）を東側に望む石橋の上で足を止める。澄み切った水が流れ込む池の中では、錦鯉（にしきごい）が悠然と泳いでいた。

　息を調えながら、しばし水面を眺める。

　時が止まったような静寂に、時折、野鳥の鳴き声がどこからともなく混じり込む。

　ここはまるで別世界だ。

　静かで、だれの目も気にしなくていい。理不尽に一度は壊され、奪われたものを少しずつ取り戻している感覚があった。

不意に、白いものが視界に散った。

「あ」

咄嗟に伸ばした手の上で、ひとひらの雪が儚く消える。

「初雪か……」

今年、初めて見る雪だった。

横に並んだ麻見と、しばし淡墨色の空を見上げる。

きんと冷えた空気が、むしろ心地いい。

「っくしゅんっ」

小さくくしゃみした黒田を労るように、麻見が踵を返した。

「そろそろ、部屋に入れ。身体が冷える」

「あ…ああ」

ふたりは部屋に戻り、ポットのお茶で冷えた身体を温めた。おそらく母親の趣味だろう、華やかで香り高いイングリッシュ・ティーだ。

カップをソーサーに置いた麻見が、思い出したように続きの間から紙袋を持って来た。無造作に差し出されたそれを、黒田は訝しみながら受け取る。

「これは……？」

「あいつらから回収しておいた。それで足りるくらいだろ」

急いで封を開けると、中から出てきたのは分厚い封筒と一冊の本だった。

封筒の中身は、おそらく黒田が巻き上げられた相当額の金だろう。だが、なにより黒田を喜ばせたのは、貸してもらう約束をしていた、例の洋書だった。

「……あ、ありがとう」

愛おしく表紙を撫でながら、はにかんだ笑みを浮かべる。

金を取り返してくれたことに感謝したのは無論のこと、だがそれよりも、麻見が約束を覚えていてくれたことが、嬉しくてたまらなかった。

「覚えててくれたんだな。大事に読ませてもらうよ。返すのは、来年でいいかな」

「お前にやる。クリスマスプレゼントの代わりだ」

「……え？」

顔を上げると、麻見はからかうような笑みを浮かべていた。

「そういう気障（きざ）な台詞（せりふ）は女性に言えよ」

「女の機嫌を取る趣味はないな」

「ああ、きみはもてるんだったよな、……ったく」

軽口を叩き合った後で、黒田はふと真顔になった。

「麻見。ひとつ、聞いていいか」

「なんだ」

「あの日……どうして、僕が監禁されていた場所がわかった……？」

ずっと疑問に思いながら、今日まで聞けずにいたことを思い切って口にする。

あの日、黒田は待ち合わせ場所に行かなかった。

常識的に考えれば、友達が待ち合わせに来なかっただけで、まさか拉致されたなんて思わないはずだ。

黒田の居場所を突き止め、救出に来てくれた麻見の行動力は、今考えてもすごいと思う。

「情報屋だ」

「情報屋？」

耳慣れない言葉に、黒田は面食らった。

そんなもの、小説や映画の中でしか見聞きしたことがない。少なくとも、一介の高校生が関わりを持つ相手でないことは確かだ。

だが実際、麻見は黒田の居場所を突き止めて潜入してきた。

麻見はいったい何者なんだろう？

いったい、どんな世界に生きているのだろう。

ナイフ一本で、顔色ひとつ変えず淡々と敵を仕留めていた麻見が思い出される。あの鮮やかな体術は昨日今日会得(えとく)したものでは決してない。

そのとき、沈黙を裂いて部屋の電話が鳴り出した。

黒田はビクッと肩を揺らし、麻見から目を逸らした。

「悪い、電話だ」

「あ、ああ、構わないでくれ」

どぎまぎしながら、もうほとんど中身の残っていないティーカップを口に運ぶ。

麻見は席を立ち、電話を手に取った。

「――はい、隆一(りゅういち)です」

応対した麻見が、相手の声を聞いた途端に眉を顰めたように見えたのは気のせいだろうか。

だが、すぐに麻見はいつものポーカーフェイスに戻ると、黒田に背を向けた。トーンを落として話しながら続き間に移動する。

（……いったい、だれからだろう……）

下世話だと自省しつつも、内心では気になって仕方がなかった。

無意識に耳を澄まし、麻見の声を拾ってしまう。

「……ああ、悪い。殺るしかなかったんだ」

聞き間違いではない。

不穏な言葉に、黒田は思わず息を呑んだ。

心臓が壊れそうなほど激しく脈打つ。

「——……っ」

黒田は口許を押さえ、背中を丸めた。

脳裏にクラブの地下室に広がっていた地獄絵図がフラッシュバックする。込み上げる吐き気をなんとか耐えられたのは、ドア一枚隔てた向こうに麻見がいるとわかっているからだ。

結局、事後処理をどうしたのかは、はぐらかされたままだった。

だが、今の会話ではからずも真実に触れた気がする。

「……わかった」

最後に数秒の沈黙があり、素っ気なく答えて話し声は消えた。

ドアが開き、麻見が何事もなかったかのように戻ってくる。青ざめ、肩で息をする黒田の様子に目を瞠ったが、すぐに会話を聞かれたと悟ったのか、ベッドの端に黙って座った。

「ごめん、麻見……聞くつもりじゃなかったんだ、けど…………今のは」

「なんでもないよ。――父に、戻ってこいと言われただけだ」

どこか諦めたような麻見の様子に、今度は黒田のほうが目を瞠る番だった。

麻見の複雑な家庭事情については、わずかながら聞いている。以前、父親の部下だという大人たちが、麻見になにかを伝えに来ていたのを見たことがあった。

戻ってこいと言うのは、再び、父親の家で暮らさないかという誘いだろうか。しかし、それにしては内容が不穏すぎる。

「――結局、普通の高校生活は送れなかったな」

独り言のように続ける麻見に、もう黙っていることは出来なかった。

「なに言ってるんだ、どこにいてもきみはきみじゃないか」

「黒田……」

まっすぐに互いを見つめ合う。

「将来、きみになにか困ったことが起きて、僕で力になれるようなら、そのときは連絡してくれ」

フラッシュバックの中の美しく獰猛な捕食者は、今は普通の高校生の顔をしている。

「ありがとう。隆一、きみは僕の命の恩人だ」


うっすらと積もった雪は、午後には溶けて跡形もなく消えた。

まるでこの数日間の出来事が、夢幻であったかのように。

「お世話になりました」

十二月三十一日の朝。

玄関で靴を履いた黒田は、丁寧に頭を下げた。

見送りに出てくれたのは麻見だけで、結局、麻見の身内には挨拶どころか、顔さえ知らないまま失礼することになってしまった。最後くらい、礼儀を通そうとしても、麻見は頑なに「必要ない」の一点張りだ。

件の洋書の入った袋をしっかりと左腕に抱え、黒田は右手を差し出した。

「隆一。いつか必ず、この借りは返すよ。うまく言えないけど、隆一と過ごした時間は、僕にとって特別だった」

「——俺もだ。楽しかった」

麻見が差し出された手を握り返した。

感触を互いに刻みつけるように握り締め、名残惜しく離れる。

「本当に、送らなくて大丈夫か」

「ああ、この通りもう平気だよ。今まで、ありがとう。……それじゃ」

麻見の手を離し、素っ気ないほどの挨拶を最後に背を向けた。

ここで別れたら、もう二度と麻見とは会えなくなるかもしれない。だが、たとえ二度と相見えることがなかったとしても、ふたりで過ごした日々の記憶は消えない。

運びがまだ少しぎこちないながらも、自分の足で歩き始める。

「黒田」

不意に、麻見が呼び止める。

黒田は足を止め、ゆっくりと振り返った。

「またな」

不意に、胸に熱い塊が込み上げる。

麻見と過ごした日々のことが脳裏を過る。

黒田は洋書の入った袋を抱え直し、ひとつ大きく頷いた。温もりが急速に消えていく掌を
ぎゅっと握り締める。なにか言えば涙腺が弛んでしまいそうで、振り切るように背を向けた。
今度こそ振り返らずに、前だけを向いて歩き始める。

◆　◆

門の横の引き戸を開け、麻見は家の外に出た。
黒田を見送ってから、一週間ほどが過ぎた七日正月。暦の上ではもう春だが、頬に当たる風
はひどく寒々しい。
その辺に出掛けるような軽装で、麻見はどこへともなく歩き始めた。
たった一年の高校生活ではあったが、結局、最後まで馴染めないまま、友人らしい友人も出
来ないままだった。
――そう、たったひとりを除いては。

（今ごろ、黒田は最後の追い込みか……）

もしくは、家族とともに団欒(だんらん)のひとときを過ごしているかもしれない。

赤信号で足を止め、麻見は腕時計に視線を落とした。

黒田は強い。

災難ではあったが、あの程度のことでへこたれる男(やつ)じゃないだろう。

ふと視線を上げると、少し先の路地に黒塗りの高級車が止まるのが見えた。

麻見を手招きするかのように、静かにハザードランプが点滅する。窓には濃いスモークが張られ、あたかも賑(にぎ)やかしい街の風景にぱっくり口をあけた闇のような存在感だ。

自らを待ち構える闇に身を投じれば、もはや陽の当たる表社会に戻ることはない。

麻見は一切の表情を消し、自身を待つ車へと足先を向けた。

歩を進めるごとに、頭の芯が冷たく冴え渡っていくのがわかる。明るい街のざわめきが、少しずつ背後へと遠のいていく。

これから向かう先は、遠く父親の待つ国だ。

戻ってこいと言われたことも大きかったが、やはり自分が生きられるのはこちら側の世界にしかない。自身でも覚悟の上での選択だった。

もしかすると、もう黒田とは二度と会えないかもしれない。

昏い決意を秘めた双眸が、冷たい光を放つ。

「じゃあなー！　またあしたー……っわ！」

曲がり角からなにかが飛び出してきたと思った瞬間、足にドンとぶつかった。

虚を衝かれ、足許に視線を落とすと、黄色い帽子に大きなランドセルを背負った男児が尻餅をついていた。

小学校一、二年生くらいだろうか。麻見にぶつかった勢いで転倒したらしい。

「……った……」

「おーい！　待てって、あきひと……」

彼の後を追って来た三、四人のランドセル集団が、その光景を見てハッと立ち止まった。同じくらいの年頃の、いかにも腕白そうな男児たちだ。

男児は起き上がれないまま、ひぐっひぐっと泣くのを必死に我慢している。麻見は無言で男児を抱き起こし、立たせてやった。

「う……」

頭をぽんと軽く撫でる。

「男なら泣くな」

「な、泣いてねーもん」

鼻血を垂らしながら、キッと麻見の顔を見上げる。涙目のくせににらんでくるクソガキに、思わず苦笑がもれる。

仕方がない。

ポケットからハンカチを取り出し、ぐいと顔を拭いてやる。だが、子供は拒む素振りで顎(あご)を引き、麻見を見上げた。

「大丈夫だし！　自分でやる！」

あっけに取られる麻見の前で、涙も鼻血も一緒くたに拭う。

そして顔を上げると、ニカッと笑った。

「これ、ありがと」

ぺこりと頭を下げるが早いか、踵を返して走り出す。まるで春の嵐のようだ。

時を移さず、子供は、心配そうに遠巻きに見守っていた男児たちの輪の中に駆け込んだ。

「あきひと、だいじょうぶなのか？」

「へーき！　これくらい、なんともないぜ！」

ついさきほど半泣きで鼻血を垂らしていたのはだれだと、麻見は苦笑いする。

そんな自分に気づいて、はっとした。

――『きみはきみじゃないか』

（ああ……そうだったな）

がしゃがしゃとランドセルの中身を弾ませながら、遠ざかっていく子供たちの後ろ姿を見つめる。

囚われ過ぎることはない。

どこでどう生きようとも、自分は自分だ。

信号が、青に変わった。

止まっていた時間が動き出したように、ひとや車が一斉に前へと進み始める。健全で穏やかな日常の光景に背を向けて、麻見もまた、迎えの車に乗り込んだ。

後部座席に収まるが早いか、車は滑るように空港へと向かって走り出す。

――その日を境に、麻見は表の世界から姿を消した。

Ⅲ

数年の時を経て、麻見の前に姿を見せた黒田慎司は、史上最年少で東京地検特捜部検事となり、法曹界に名を馳(は)せていた。

麻見とは持ちつ持たれつ、利害関係を含んだ表裏一体の間柄でありながら、しかし決して一線を越えることはない。

だが、ときとして、自分を見る黒田の目が、自分を映す鏡のように感じることがある。

生きていくにはだれしも、何某(なにがし)かの心の拠(よ)り所が必要なのかもしれない。そんなふうに考えるようになった自身の変化が我ながら興味深くもある。

自分にとって高羽秋仁(たかばあきひと)が光であるように——。

マカオの権利書と引き換えに、秋仁は身柄を麻見の元へと移された。飛龍の所有するカジノ船から、陸に向かう麻見の小型船内で二人は向き合っていた。

「傷を…見せてくれ」

秋仁が、たどたどしい手つきで麻見のシャツをはだける。

飛龍に撃たれた銃創は未だ塞がらず、麻見の肩から胸にかけては今も包帯が巻かれていた。

おそらく、さきほどの立ち回りで傷口が開いたのだろう。包帯の白が、痛々しい血の赤に染まっているのを目にした秋仁が息を呑む。

治りの遅い傷は、秋仁救出までの数週間、麻見が無理に無理を重ねたことを物語っていた。

「……っ」

肩の傷を凝視していた秋仁が、ふいに胸に顔を埋めてくる。その肩が、耐えきれなくなったように震え始めるのを。麻見は黙って見下ろした。

なぜ彼が泣くのか、わからなかった。

ロシアンマフィアまでをも巻き込んだ紛争も一応の解決をみて、この通り秋仁を救い出すことが出来た。

だから、秋仁が憂えることなど、もうなにもないはずだった。

それなのに、嗚咽は大きくなるばかりで収まる気配はない。

「なにを――泣いてる」

秋仁の顎を摑んで上向かせる。

止めどなく流れる雫を、指の腹で拭う。

温かいと感じた瞬間、麻見の胸に押し寄せてくるものがあった。

安心して気が弛んだための涙ではない。これは麻見を思って流したものだ。

決して器用とは言い難い秋仁なりの、心配、感謝、申し訳なさ。そして、互いに生きて目の前に存在することへの安堵。

女のようになだめようと思ったわけではない。

ただ、走る情動のままに、麻見は秋仁に口接けた。

「…んっ…」

歯列を割り、舌を差し入れる。

久しぶりに味わう秋仁の唇はひどく甘い。甘嚙みして吸い上げれば、たどたどしい舌遣いで応えてくる。

連れ去られた先の香港で、麻見のことばかり考えていたと言う秋仁の言葉に嘘はないのだろう。自分を庇うために血を流した麻見に対する、言葉にならない想いが流れ込んでくる。離れがたく感じていたのは、秋仁もまた同じだったらしい。

「……っ」

シャツを掴み、縋りつくようにして秋仁が身を寄せてくる。角度を変える一瞬ですら、唇を離すのが惜しい。秋仁の身体を抱き寄せながら、麻見は暴力的なまでの愛おしさを自分でも持て余していた。

「は…っ、はあ…っ、あ…麻見……っ」

口接けを交わしながら、ソファに座る膝の上に秋仁を乗せる。

飛龍に囚われている間に痩せてしまったのか、以前よりいくらか軽い。

なぜもっと早く助け出せなかったのか――自らの不甲斐なさに怒りの情が湧き上がる。だがすぐにそれを上回る欲望に掻き消された。

ようやくこの手に戻ってきた秋仁を、今はただ抱きたくてたまらない。

「――悪いが今は余裕がない。俺もお前のことばかり考えていたからな」

布越しに触れる麻見の熱に、気づいた秋仁が顔を赤らめる。欲望が硬く張り詰め、スーツの前を押し上げていた。

「――ッ‼」

濃厚な情欲の香りに当てられて、秋仁もまたズクンと腰を疼かせる。

若い雄の身体は感じやすく、欲に正直だ。ジーンズの前立てに手を掛けると、秋仁が焦ったように名を呼んだ。

「あ…ッ、麻…見…っ」

構わず、ジーンズの前を開く。

大きく形を変えた性器が下着を引き伸ばし、その先端に濡れ染みを浮かせていた。

羞恥のためか、或いは先程の名残か、秋仁は目尻にうっすらと涙を滲ませている。言葉ひとつにさえ煽られるたわいなさが、今は愛おしくてたまらない。

下着越しに触れながら首筋に口接ける。性器の形をなぞり、軽く愛撫するだけで秋仁は表情を蕩けさせた。

「ん…っ」

指を動かすごとに先走りがどっと溢れるのが直に伝わってくる。手を離せば、下着から染み出した先走りがヌチャリと糸を引くほどだ。秋仁も自覚しながらどうにもならないらしく、さらにかぁっと頬を火照らせ、目を伏せる。

「…っ、オレも…ダメみたい…っ」

羞恥もなにもかもかなぐり捨てて、素直に欲望を口にする。

「アンタが今すぐ欲しい…夢じゃないって感じさせてくれよ…麻見…っ」

震えているのは、まだ助かったという現実味が薄いせいだろう。

無理もない。麻見と出会うまで、秋仁は裏社会とは縁のない、ごく普通の生活を送る一般市民だったのだ。カメラマンとして外側から事件を追うことはあっても、自身が当事者になることなど考えもしなかったに違いない。

マフィアに囚われ、銃で撃たれた生々しい恐怖や傷の痛みはきっと、今後もしつこく尾を引くだろう。今彼が求めているのは、鮮烈な生の証をその身で感じることだ。

幼子（おさなご）のようにしがみついてくる秋仁の髪を撫で、麻見は耳許で囁いた。

「震えが止まるまで、抱いてやるよ」

秋仁をキスで宥（なだ）めながら、急いた手つきで着衣を脱がせていく。ぐっしょりと濡れた下着を引き下げると、硬く張り詰めた性器が弾み出て、透明なぬめりを飛び散らせた。

角度を変え、何度も口接けを繰り返しながら肌を合わせる。

「んっ…」

気が昂ぶっているせいか、口接けの合間にも、秋仁は吐息まじりに小さく喘ぎを漏らしている。

早くも汗ばみ始めた肌に指を滑らせ、強ばりを解いていった。

なにも失われたものはない。なにも変わっていない。ようやく自分の手に戻ってきたものを、手と唇で一つ一つ確認していく。最後に下肢の奥まった場所へと指を滑り込ませると、秋仁はビクッと肩を震わせた。

親指と薬指で切れ込みを開く。

向かい合い、脚を大きく開いた体勢で膝に乗せられた秋仁は、麻見にすべて余すところなく晒している。伝い流れた大量の先走りによって奥は充分過ぎるほど潤んでいた。

こんな状況でも羞恥を感じるのか、表情を見せまいと秋仁が肩にしがみついてくる。

喉の奥で密かな笑みを噛み殺しながら、奥の窄まりを撫でる。

触れれば吸い込むような動きで男を誘うくせに、入ろうとすればきつく閉じて拒まれる。焦らしているようで事実、焦らされているのは自分のほうかもしれない。

長い指を根元まで差し込み、奥を掻き混ぜる。包み込み、蠢動する粘膜の締め付けは変わらずぞくぞくさせられた。とろりとした粘膜から指を引き抜く。

「…っあ、ン…ン」

グイと脚を抱え上げる。

久しぶりに目にした麻見のモノに、秋仁は怖じ気づいたように喉を鳴らした。そのくせ期待めいた艶を滲ませる目が、無自覚に男を煽ることに、本人は気づいているのかどうか。

角度を合わせ、窄まりに切っ先を押し当てる。充分に慣らしたつもりだったが、しばらく離れていた間に閉じてしまったのか、すんなりとは挿らせてくれない。

性液を滴らせる先端がわずかにめり込んだ瞬間、秋仁は悲鳴じみた声を上げた。

「っ…ひ…あ…っ」

久しぶりできついのは承知の上で、ゆっくりと腰を進める。

激しく息を乱しつつも、必死に受け容れようとしているのが麻見の肩に巻き付けた腕から伝わってくる。

「う…ぁ…麻見…んっ…あぁッ」

一番太い部分を呑み込んだ瞬間、湧き出るように血が滴った。肩に回された秋仁の手が痙攣し、ぎゅうっとシャツを摑み締める。処女のように固く閉じた部分を破瓜されて、痛みと歓喜に震える身体を麻見はきつく抱き締めた。

──熱い。

陶然と目を細める。

秋仁の求めに応えた気でいても、いざ抱いてみれば自分も同じものを欲していたことに気づかされる。何人たりとも彼の芯の強さを奪うことなど出来はしないとわかっていても、秋仁が真実この手の中に戻ってきたと感じたい。

すべてを納めきり、ゆっくりと抽挿を開始する。

ひとつに繋がった感覚を、熱を共有した満足感を、もっと深く味わいたい。一瞬の表情の変化さえ見逃したくない。ねっとりとした腰遣いで深く浅く攻め上げる。

「あ…ァ…ンッ……」

次第に粘膜が熱く蕩け、しゃぶりつくように麻見自身に絡んでくるのがわかる。ともすれば、そのまま最奥まで引き摺り込まれそうな快感に息が上がった。

滑らかな臀部を抱え上げ、激しく腰を打ち付ける。抱き合うというより、肌がぶつかり合うくらいの激しさが今はちょうどいい。

深すぎるストロークに、秋仁が眉間に皺を寄せ、嬌声を迸らせた。

「っ痛…はぁ…っは…あっ」

痛みを訴えながらも麻見の肩に腕を回し、一瞬たりとも離れまいとするかのように抱き付いてくる。激しさに耐え、麻見を全身で受け止めようとする姿がたまらない。

「はぁ…っは…っ」

深く抱え込んで密着し、何度も揺さぶり上げる。

汗ばんだ肌を打つ音と、水っぽい淫靡(いんび)な濡れ音が混じり合う。

反り返った性器が律動によって振り回され、とめどなく溢れる先走りが互いの腹で糸を引いていた。それを直視するのが恥ずかしいのか、気づいた秋仁が目元を染め、麻見の首筋に額を押しつけてくる。

快楽に浸りつつも、麻見の傷に障(さわ)ることを畏れてか、体重を預けるのさえ遠慮がちだ。残った理性もなにもかもを奪ってしまいたくて、わざと秋仁の弱いところを狙って突き上げる。激しい動きに追い上げられ、腕の中で秋仁が大きく仰け反った。

「んっ…だ…だめ…だ…、あ…麻見…っ」

抱えた身体がビクビクと震え、限界を訴える。

もう、もたないらしい。

ほどなくして秋仁は大きく腰を震わせ、性器の先端からビュクッと白濁を噴き上げた。腕から力が抜け、背後に倒れそうになる身体を麻見が抱き留める。

「あ…」

射精の勢いに合わせ、中の粘膜が波打つように弛緩と緊張を繰り返した。きゅうきゅうと締めつけられ、危うく持っていかれそうになるのを腰を沈めたまま耐える。

重怠い快感以上に、麻見の中に込み上げてくるものがあった。

(戻ってきた……)

腰を掴んでさらに揺さぶり上げる。

達したばかりで過敏になっているのだろう、激しく蠕動する内部からギリギリまで自身を引き抜き、勢いよく押し込む。

迸る情熱のままに幾度も身体を跳ね上げられ、宙に秋仁の髪が躍る。

「！　あ…っ、あ、ンッ」

目を覗き込み、秋仁の視線が自分を捉えていることを確認する。ファインダー越しに見つめられるのも悪くはないが、今はこの視線を独占したい。

どちらからともなく唇を寄せ、ねっとりと舌を絡めあう。

(俺の……高羽秋仁――)

抑えきれない嬌声が、再び船室内に響き始める。

吐息と汗、肌の感触、匂い、体温。秋仁の生きる証を五感のすべてで感じ取り、ようやくこの手に戻ってきたと実感する。

この身体を抱くことを何度、夢に見ただろう。

どんなに絶望的な状況下にあっても、諦めるつもりはなかった。ただ、秋仁を秋仁たらしめる瞳の輝きが失われてしまうことだけを畏れていた。

彼を力ずくで閉じ込めておくことなど出来ないとわかっている。

だから、取り戻したそのときは、二度と自分から離れていかないように、

（今度こそ縛りつけておかないと……）

麻見の頭を抱え込み、秋仁がキスをねだる。唇を合わせたまま、下から激しく突き上げた。

甘い吐息が混じり合う。

「はぁ…っ」

もどかしい動きに焦れたのか。秋仁がソファの座面に足をつき、自ら腰を遣い始めた。

ソファが軋むほど激しく腰を振り立てて、快感を追い求める。漏れ続ける性液や汗が滴り、抽挿のたびにグチュグチュと音が響くのがいやらしい。

淫らな姿に触発され、麻見の滾(たぎ)る欲望がさらに燃え上がった。

尻たぶを摑んで割り開き、ズンと奥深くまで突き上げる。最奥を穿(うが)たれた秋仁が、一際(ひときわ)高い声を上げて仰け反った。上体を弓なりにたゆませたまま、身悶(みもだ)える。

「あっ…アァ…ッ」

麻見を咥(くわ)え込んだ部分がきつく収斂(しゅうれん)するのがわかった。押し潰さんばかりに自身を締めつけられ、快感に肌がそそけ立つ。

もう、限界が近い。

秋仁の薄い胸に顔を埋め、背が撓るほど抱き締める。腹の奥から押し寄せてくる重い波に今度こそ抗(あらが)えない。目も眩(くら)むような快感の中で、麻見は動きを止めた。

「…っく…秋仁…っ」

なかば無意識に名を呼びながら、ドクッと自身が弾けるのを感じる。

身体をきつく抱き締めながら、長々と思いの丈を吐き出した。

ひとまずの飢えを満たし、荒く息をつく。

(この俺だけを愛するように——)

——愛?

ぐったりと放悦の余韻に浸る秋仁と繋がったまま、わずかに口端を上げる。

愛などとぬるいものを他人に求められることはあっても、自分から求めたことはない。それを今、秋仁に求めているのだ。苦笑を禁じ得ない。

(この俺が、こんなふうになるとはな……)

無味乾燥の世界で生きていたような自分が、まさか、愛などという情動によって翻弄される日が来ようとは思わなかった。

飛龍に叩き付けられた言葉が脳裏を掠める。

『お前も、大事なものを奪い返すために無謀にも敵地に乗り込んでくるような、ただの男に過ぎないんだよ』

(大事なもの――か)

今回の一連の出来事で、ひとつ思い知ったことがある。それは、秋仁が闇の中に生きる自分にとって、唯一の光のような存在だということだ。

銃で撃たれた秋仁が、倒れる様を見たときの、ゾッとするほど冷たい感覚。常に冷静であるべき自分が、我を失うほどだった。

秋仁には不思議とひとを魅了するなにかが備わっている。一言では言えないが、飛龍さえ心を動かされたほどの、自分とは対極にある、失えないなにか。

情をかけた存在なら、これまでにも多々あった。

だが、これほどまでにかけがえのない、大切に思える存在を手に入れたのは初めてだった。

一度手に入れてしまえば、手放すことなど考えられない。

波が引いていくのを感じながら、なかば眠りに落ちかけている秋仁にもう一度、口接ける。

——まだ、足りない。

この飢えは一度や二度では満たされない。

精を放ったモノが、体内で再び漲(みなぎ)ってくる。秋仁が驚いたように息を呑み、繋がりを解こうともがいた。逃がすものかと抱きすくめる。

そして再び、じっくりと腕の中の獲物を喰らい始めた。


空港に、自家用機が到着したのはごく早朝のことだった。

街が眠りから覚める前に、ひっそりと香港を離れる。

人気(ひとけ)のないラウンジで、麻見は携帯電話を黒田へと繋いでいた。

「今回は助かった」

『構わないよ。今からどこに行くんだ？』

「バリだ」

『高羽秋仁のパスポートはインドネシアに送ればいいんだな』

「ああ、頼む」

『帰国したら顔見せろよ』

電話を切り、部下を連れてラウンジを出る。

外に出ると部下に護衛された秋仁が待っていた。

自家用機のタラップを二、三段上がったところで麻見は振り返る。

「――俺にここまでさせて、覚悟はできてるんだろうな？」

風に吹かれ、立ち尽くす秋仁の瞳は、未だ不安と戸惑いに揺れている。

秋仁は、自分が麻見の荷物になったと思っているようだが、それは違う。守れないものなら最初から背負い込む気はない。麻見自身、その覚悟はとうにしている。

「――……」

決意を促すかのように、秋仁に向かって手を差し伸べる。

この手を拒むことなど許しはしない。
どこまでも、ともに連れて行く。
往く果てが奈落（ならく）の底であろうとも、手離すことなどありえない。
麻見の目を見上げていた秋仁が、意を決したかのように手を伸ばした。
あの日、友の手を取ったように。
今もまた、最愛の秋仁の手をしっかりと握って引き上げる。
自分のいるところまで――。

――The END.

ファインダーの烙印

—プロローグ—

「飛さま、なんだか楽しそう」

柔らかな日差しが窓辺を照らす、ある日の午後。

香港の根城で寛いでいた飛龍は、その声に顔を上げた。

「いいことでもあったんですか？」

先程まで、自室の細々とした用事を片付けていた陶が、一息つく形で傍らに立っていた。くるりとした大きな瞳と視線がかち合う。

「いいことなんてないよ」

飛龍は苦笑じみた笑みを浮かべ、陶の推測を否定した。

「そんなこと言って……あっ、アキヒトからメールだ。当たりでしょう？」

目敏い陶は、すぐに気づいたらしい。少年らしい好奇心を湛えた目が、膝の上で弄ばれる携帯電話に注がれている。

「アキヒト、なんていってきたんですか？」

このところ身辺が慌ただしく、自室で過ごす静かな休日は久方ぶりだった。

陶も、こうして日がな飛龍の顔を見ていられるのが嬉しいのだろう。柔らかな陽光の下、表情が明るく輝いている。

「いつも通りの、くだらない話だよ」

飛龍はやれやれといった風情でタブレットの画面を陶に見せた。

【スクープ狙いで三日張り込み中。東京は今、夏祭り真っ最中なんだぜ。超～～花火みたい!!　このままじゃ、俺の夏が終わっちゃうよぅ(T-T)　香港も今暑いだろうけど、冷たいもん食いすぎんなって陶に言っといて下サイ】

高羽秋仁(たかばあきひと)とは、こうして定期的にメールを交わしている。内容はあってないようなもので、やれ仕事で失敗しただの、愛用のカメラが壊れただのと、実に他愛ない。

しかし、部下とも怨敵(おんてき)とも違う秋仁との関係は、飛龍にとって初めて経験するもので、正直なところ、まんざらでもない。

麻見(あさみ)との抗争がなければ、出会うこともなかった。不可思議な縁ではあるが、周囲にいないタイプの人間との関わりは、人生に刺激と豊かさを与えてくれる。

「元気なんだ……もう、返信はされたんですか？」

メールの中身を読み上げた陶が、どこか懐かしむような目で飛龍を見上げる。

もしかしたら、心のどこかで、寂しさを感じているのかもしれない。

秋仁が虜囚として滞在した間はそれなりに関わりがあったせいか、陶も殊の外、秋仁には思い入れがあるようだ。

大人たちに囲まれた生活が当たり前になっている陶にとって、比較的、年齢が近い秋仁は、親しみが持てる相手だったのだろう。

「返事か……。そうだな。陶が会いたがっていると返しておこうか」

「飛さまは？」

「？」

「飛さまは会いたくないの？　アキヒトに」

「……そうですね……」

会いたくないと言えば嘘になる。だが、会いたいかと聞かれれば少し、戸惑う。

離れているいまだからこそ、こうして話もできるが、香港での経験は秋仁にとってあまり思い出したくない出来事に違いない。

住む世界が違う人間を、無理に闇社会に引き摺り込んでまで傍に置く熱意や執着は、いまの飛龍にはない。

「やはり、当分は、そっとしておきましょう」

飛龍は溜息混じりに言い、多機能型の携帯電話をテーブルに置いた。

首を傾げて佇む陶に、笑いかける。

「陶、お茶を淹れてくれますか」

「はい！」

腑に落ちない表情から一変し、陶は嬉しそうに頷いた。茶道具を取りに部屋から駆け出していく。

その後ろ姿を見遣りながら、いつだったか、秋仁が不器用に淹れた不味い茶の味がなんとはなしに思い出された。

（……さすがに、麻見のことは、なにも言ってこないか……）

知らず、溜息が零れる。

日本政財界の闇で暗躍するフィクサー・麻見隆一。秋仁の情人であり、また、飛龍が親の敵として七年もの間、固執し続けてきた男だ。

ロシアンマフィアを巻き込み、カジノ船上で繰り広げられた因縁の死闘は、まだ記憶に新しい。

結局、飛龍が攫った秋仁の身柄と、麻見に奪われたマカオのカジノ経営権の権利書を交換することで形ばかりの決着をつけたものの、自身が得たものは一体なんだったのか——肉親を始め、失ったものの大きさを思うたび、飛龍は疑問に苛まれる。

「麻見……」

噛み締めるように呟き、麻見への思いを巡らせる。

かつてのがむしゃらな執着から、いまはどこか折り合いのついた感情へと、気持ちは徐々に変化しつつあった。

互いの感情は、どこまでいっても平行線で、交わることはない。それを身に沁みて理解できたからか。重く囚われていた心が、いまは嘘のように軽い。

(——もう、終わったことだ)

麻見よりも、秋仁よりも、いまは陶を大事にしたい。

そう思う一方で、陶自身もまだ知らない、言えない秘密を、飛龍は抱えている。

台湾の市井に放った密偵から、刘焰燕の生存を知らされたのは、飛龍が白蛇の頭に納まって間もないころのことだった。

七年前、麻見隆一によって白蛇は壊滅状態に追い込まれた。白蛇の先代である刘大人(ターレン)は射殺され、兄・焰燕も重症を負った身で行方知れずということになっている。

だが実際の焰燕は、密かに香港を脱出し、各地を転々とした末にいまは台湾に根を下ろしているようだ。

香港警察に顔が利く麻見の画策により、先代殺しのみならず、鄧(トウ)の殺害までが焰燕の容疑とされたためだろう。

香港を逃れた焰燕は偽名を名乗り、いまや台湾裏社会の一組織を率いるまでにのしあがっている。

白蛇の内部の人間に知られれば、飛龍のいまの地位を脅(おびや)かすことにも繋(つな)がりかねない事実だ。高慢で愚かな男であろうとも、先代の血を引く焰燕を、正当な後継者と見なす一派はいまも少数ながら存在する。

飛龍は信用の置ける密偵を何人か台湾に放ち、情報収集に努めてきた。台湾で力を蓄えた焰燕が、虎視眈々(こしたんたん)と飛龍の寝首を掻く機会を狙っていたとしてもおかしくはない。

ただ、焰燕の動向を把握しつつも、その命を秘密裏に奪うまでに至らなかったのには理由がある。

一度は兄と呼び慕った相手であるから、という理由も無論ある。だが、それだけではない。

――陶と、焔燕に纏(まつ)わる、ある事実。

そして、密偵からもたらされた情報に、焔燕の背後にマカオのロシアンマフィアがついたという報告。

焔燕とミハイルの間に、どの程度の癒着があるのかはまだわからない。

だが、武器や資金の流入といった確たる証拠を得たいま、もはや看過(かんか)することはできなくなった。

組織の調和を乱す不穏分子は消す――それは飛龍が白蛇の頭として出した、苦渋の決断だった。

(私は……いまだに迷いがあるのか……)

薄い唇から、溜息が漏れる。

「飛さま、今日のお茶は特別ですよ」

はっと顔を上げると、茶道具を携えた陶が戻ってきたところだった。

「とてもいいお茶の葉が手に入ったんです」

沸かした湯で茶壺を温めながら、陶が少し得意げに言う。

初夏ともなれば、そろそろ春摘みの茶が出回るころだ。茶葉ひとつ選ぶにしても、陶がどれだけ心を砕いたかは想像に難くない。

飛龍は微笑を浮かべ、肘掛けに凭(もた)れた。

「それは楽しみだね」

室内には、早くも茶の甘い香りが漂い始めていた。

深く息を吸い込み、窓越しの空を見上げる。肩から雪崩(なだ)れ落ちる黒髪が、眩(まぶ)しい光の輪を広げた。

（――まずは、あの男のもとに行かなければならない……）

自分の前から姿を消して久しい男の姿が頭に浮かぶ。

束の間の休息が、終わりを告げようとしていた。


（…The story begins.）

なぁ知ってる？
この神社
夕方に行くと
鬼が出るんだって
えー
うそだぁ
鎮守の森の鬼まいり
ちんじゅのもりのおにまいり
やまねあやの
ホントだよ
タカトが
見たって
うん
見た見た
まじかよ
どんな奴
だったの？
すっごく大きくて
目が光ってて
怖ーい顔してた
グオオオオオ
一人で何人も
敵やっつけ
てたよ
あれはゼッタイ
人間じゃない
と思う！
えー
ウチのばあちゃんが毎日
お参りに行ってるのに
怖いなぁ…
……！

サワ…
サワ…
バサ
バサ
バサ
ガサッ
!
……

あは…な…
何もいないじゃん…
コウの奴
怖がってこねーんだ
もん…笑っちゃう
!!
ビクッ

し…
死体!?
……

ムク…
わー
……？

な…
なぁ秋仁
どうだった!?
何かいた?
い…いた…
ホントに
いたっ…!
え!?
おに!?
ま…
間違いないよっ
あれ神社の
守り神様だ…っ!!
めっちゃ
キレイだった!!
!?
お菓子
お供えして
きたから
もう大丈夫!!
たたり
なくなったよ
すげー
さすが秋仁っ
おおっ!
?
END

あとがき

こんにちは、砂床あいです。

ファインダーシリーズではノベライズ第一弾に続きまして、第二弾でも執筆を担当させていただきました。大好きなシリーズにまたご縁を頂けたこと、大変嬉しく光栄に思います。

打ち合わせ時点では色々な意見が出たものの、今後の本編展開を踏まえ、第二弾は最終的に十八歳の黒田視点で、麻見との出会いと青春の一ページ的なストーリーとなりました。

十五の歳から喫煙等、触れるものみな傷つけそうなキレッキレの公式設定の麻見社長が、日本で高校生やってたというだけでもレアなのに、黒田とは同級生で、学校サボって路地裏で喧嘩したり、境内でひとり静かに読書してたり、バイト先で賄い料理食べさせてくれたりするんですよ。しかもパパからの電話に出るとき、自分のこと「隆一です」って名乗るんですよ。

そんなおいしいシーンを私などが書いていいのだろうかと、ビビリな自分は心臓が止まりそうだったのですが、恐る恐る「では麻見様（18）の賄いメニューは…」とお聞きしたとき、やまね先生の口から「カレーとかハムカツサンドとか」という庶民的ワードが出まして、（公式設定では現在、料亭でお朝食をいただく麻見社長が…!!）と震えました。（ただ、私の筆力では、麻見（18）に揚げ物とかさせてしまうと一気にオカン臭がしてきそうだったので、普通のサンドイッチになりました…）――こんなふうに、初めて知る設定や裏話に萌え滾りつつ机に向かっていたので、毎日が楽しすぎて、初稿時は特につらかったこととか覚えていません。

執筆中は、原作者のやまねあやの先生を始め、担当I様T様ほか多くの方々に大変お世話になりました。お忙しい中、何度も時間を取っていただきまして、ありがとうございました。

世界中で愛されているシリーズですから、おそらく私よりヘビーなファインダーファンのかたはきっといらっしゃると思います。でも、BL作家の中では、私よりファインダーオタクでやまね先生ファンはたぶんいないんじゃないかなと、そこだけは自負しています。私のありったけのファインダー愛を詰め込んで書かせていただいたので、（表紙とコミックは心ゆくまで堪能していただいて）、小説はどうか寛容なお心で楽しんでいただければ幸いです。

この本の企画・出版に関わってくださったすべてのかた、そしてここまで読んでくださった読者様に、深く感謝を申し上げます。

ご意見ご感想など、よろしければ是非、編集部までお寄せくださいませ。

２０１６年　仲冬　　砂床あい

あとがき☆

こんにちは！やまねあやのです。この度は小説
『ファインダーの蒼炎』をお買い上げ下さいまして
誠にありがとうございます♡
昨年春に企画が立ち上がってから、数ケ月
かけて砂床あい先生ご尽力のもと、担当さん
達と頭をつき合わせて話し合ったり、時に
は、電話の同時通話でみんなで長時
間詰めてきたお話がこうして1冊の本として
形になったことを大変嬉しく思っており
ます！お話を詰めながら、麻見ならこう
するとか、麻見はこんな事言わないとか、
黒田とどこまでの関係にするのかとか、18才
ならではの青くささみたいなものとか、夏の
暑い盛りにわいわい話し合うのはとても
楽しかったです！
前回の『ファインダーの烙印』に引きつづき、
少しせつなく可愛くもある若かりし日の
黒田と麻見の青春の一ページをすばらしい
小説にして下さった砂床あい先生、本当に
ありがとうございました!!
惜しむらくは、私が表裏表紙としょうも
ないショートしか描く余裕がなかった
事…ふがいなくて申し訳ございません。
読んで下さった皆様の妄想力で最強に
カッコよく可愛い2人にしてあげて下さると
嬉しいです♥何卒、楽しんで頂けますように…

2016.12
やまねあやの拝.

ありがとう
ございました！
FIRE

砂床あい Ai Satoko
六月二七日生まれ。
第三回ビーボーイ小説新人大賞・佳作受賞。二〇〇九年二月にビーボーイノベルズ『情愛と不埒のトリム』でデビュー。読みやすい文章と豊かな表現力で様々な作品を執筆中。代表作に『調教は媚酒の香り』シリーズ（リブレ）、『一途な夜』シリーズ（アスキー・メディアワークス）などがある。

やまねあやの Ayano Yamane
一二月一八日生まれ。
一九九九年に小説挿絵でデビュー。二〇〇〇年に『異国色恋浪漫譚』にてマンガ家としても作品を発表。誰もが認める美しい絵柄とドラマチックなストーリー展開に定評がある。現在は『ファインダーの標的』シリーズ（BE・BOY GOLD／リブレ）、『クリムゾン・スペル』（Chara selection／徳間書店）を連載中。

初出
『ファインダーの蒼炎』　書き下ろし
『ファインダーの烙印 ―プロローグ―』
BE・BOY GOLD（二〇一二年一〇月号）掲載
『鎮守の森の鬼まいり』　描き下ろし

「小説ファインダーの蒼炎」をお買い上げいただきありがとうございます。
この本を読んでのご意見・ご感想など下記住所「編集部」宛までお寄せください。

リブレ公式サイトで、本書のアンケートを受け付けております。サイトにアクセスし、TOPページの「アンケート」から該当アンケートを選択してください。ご協力お待ちしております。

「リブレ公式サイト」http://libre-inc.co.jp

小説ファインダーの蒼炎

小説 砂床あい

原作・イラスト やまねあやの

©Ai Satoko / Ayano Yamane 2017

発行日 二〇一七年一月一九日 第一刷発行

発行者 太田歳子

発行所 株式会社リブレ

〒162-0825
東京都新宿区神楽坂六-四六ローベル神楽坂ビル
電話 営業 03-3235-7405
編集 03-3235-0317
FAX 営業 03-3235-0342

印刷所 凸版印刷株式会社

装丁 斉藤麻実子〈Asanomi Graphic〉

定価はカバーに明記してあります。
乱丁・落丁本はおとりかえいたします。

この作品はフィクションです。実在の人物・団体・事件等とは一切関係ありません。

Printed in Japan ISBN 978-4-7997-3161-1